LOS CAZA-ZOMBIS

¡ZOMBIS POR UN TUBO!

LOS CAZA-ZOMBIS

¡ZOMBIS POR UN TUBO!

JOHN KLOEPFER

ILUSTRACIONES DE STEVE WOLFHARD

Traducción de Olivia Llopart

EDICIONES **B**
GRUPO ZETA

Barcelona • Bogotá • Buenos Aires • Caracas • Madrid • México D. F.
Montevideo • Quito • Santiago de Chile

Título original: *The Zombie Chasers. Undead Ahead*

Traducción: Olivia Llopart Gregori

1.ª edición: febrero, 2011

Publicado originalmente en 2011 en EE.UU. por Alloy Entertainment, LLC

© 2011, John Kloepfer, para el texto
© 2011, Steve Wolfhard, para las ilustraciones
© 2011, Ediciones B, S. A.,
   en español para todo el mundo
   Consell de Cent 425-427 - 08009 Barcelona (España)
   www.edicionesb.com

Impreso en España - Printed in Spain
ISBN: 978-84-666-4661-1
Depósito legal: B. 248-2011

Impreso por LIBERDÚPLEX, S.L.U.
Ctra. BV 2249 Km 7,4 Polígono Torrentfondo
08791 - Sant Llorenç d'Hortons (Barcelona)

Para mamá y papá - J. K.
A Jake - S. W.

CAPÍTULO 1

Zack Clarke se puso de pie en la parte trasera de la furgoneta, con el pulso todavía acelerado a causa de la huida. Las luces halógenas zumbaban por encima de ellos mientras la furgoneta se abría paso en la oscuridad intermitente del búnker subterráneo.

El brote zombi había empezado el día anterior, hacia la hora de la cena, y, en cuestión de horas, se había extendido por todo el país.

En aquel momento se adentraban en la base de las Fuerzas Aéreas de Tucson, y Zoe, la hermana de Zack, era una zombi; su mejor amigo, Rice, el autoproclamado experto en zombis, había descubierto el antídoto contra la epidemia; Madison Miller, la chica más popular del colegio, era su única esperanza de supervivencia, y Greg Bansal-Jones, el matón más temido de la escuela, se había convertido en un miedica quejica tras su breve zombificación, y ahora afirmaba que no se llamaba Greg.

Gregno se mantenía alejado de zombi Zoe, que se había quedado frita a causa de la gran cantidad de tranquilizante a base de Ginkgo biloba que Rice le había dado apenas una hora antes.

—Oye, tío —se quejó Gregno. ¿Me sueltas ya?

—Vale, pero tendrás que quedarte calladito. —Zack recuperó la navaja suiza del bolsillo del pantalón y cortó la cinta adhesiva que rodeaba las muñecas de Gregno.

El ex matón cerró una cremallera imaginaria sobre su boca y, seguidamente, se deshizo de una llave ilusoria.

«Y pensar que antes me daba miedo este tío», se dijo Zack, y se asomó al interior de la cabina de la furgoneta. La gasa que cubría la herida que Madison tenía en la pierna estaba empapada de sangre; el mordisco había sido un regalo de zombi Greg. Rice estaba sentado en el asiento del acompañante con el cachorro de Madison en el regazo. Chispas apoyaba las patas delanteras en el salpicadero; parecía contento de estar vivo tras su experiencia como chucho zombi.

—¿Qué tal la pierna? —preguntó Zack.

—Bueno, bien, supongo —contestó Madison—, pero voy a matar a Greg.

—Querrás decir a Gregno.

—Ya sabes a quién me refiero...

—Ah... —terció Rice—. Greg o Gregno, ésa es la cuestión.

—Cierra el pico, pringado —le reprendió Madison—. No estoy hablando contigo.

Chispas empujó la mochila de Rice con el morro, olisqueando el fétido espécimen que había en su in-

terior. A Zack se le revolvió el estómago al pensar en la hamburguesa BurgerDog, portadora del virus, que latía dentro de la mochila.

—¡Guau! ¡Guau! —ladró el hambriento perrito.

—Oye, Madison, ve más despacio —le indicó Zack por la ventanilla, y, poco a poco, la furgoneta aminoró hasta detenerse.

A su derecha, el túnel desembocaba en una sala más grande, dividida en dos niveles por un muelle de carga. Había muchas hileras de barriles amarillos con la etiqueta de riesgo biológico contra las altas paredes de cemento. La rejilla metálica de desagüe, en el centro de la sala, estaba manchada de sangre zombi, cuyo rastro trazaba una curva que recordaba la letra jota. Alrededor de los asquerosos restos de baba se veían huellas de pisadas irregulares, como si algunos zombis hubieran estado arrastrándose por allí.

Todo el lugar apestaba al denso tufo almizclado de la enfermedad, y Zack tuvo que taparse la nariz. Sin duda, algo se pudría en Tucson.

—¡Eh! —chilló Gregno de repente, agarrándose a la pantorrilla de Zack, que volvió la cabeza.

Un soldado zombi que colgaba de la parte trasera de la furgoneta intentaba trepar por la compuerta. El muerto viviente, con la boca completamente abierta, enseñaba la telaraña que le formaba la saliva. Gruñía y se quejaba, retorciendo con rabia la lengua.

—¡Atropéllalo, Madison! —ordenó Zack.

Pero justo en ese instante, otros dos soldados zombis treparon por los laterales de la furgoneta y lograron auparse a la trasera, donde estaban Zack y Gregno. Tenían los miembros torcidos en ángulos antinaturales, como un par de arañas chafadas.

La furgoneta salió disparada a toda velocidad.

—¡Zack! —gritó Rice desde la cabina. Le entregó una palanca de acero y añadió—: ¡Utiliza esto!

Zack arrojó la palanca contra el soldado zombi y le acertó entre las cuencas vacías de los ojos. La com-

puerta trasera se abrió de golpe y el monstruo cayó al suelo del túnel.

—¡Grrr! —rugieron los otros dos zombis.

Zack tanteó a su alrededor, buscando frenéticamente otra arma, hasta que dio con la empuñadura de madera de su bate.

Uno de los zombis se arrastraba sobre sus dislocadas rótulas hacia Gregno. El aterrorizado ex matón se refugió en un rincón, junto a la compuerta abierta, con los brazos encogidos como un tiranosaurio.

Pero Zack tenía sus propios problemas.

El otro zombi, que respiraba con dificultad, tropezó y se derrumbó sobre él. Zack, ni corto ni perezoso, colocó el bate en posición horizontal y empujó con todas sus fuerzas para sacárselo de encima. El psicópata infectado tenía la barbilla llena de bultos repugnantes, y de las comisuras de los labios hinchados le colgaban hilos de flema verde amarillenta. El monstruo maníaco gruñó. Zack sintió que su hombro estaba a punto de ceder. En ese momento, una pústula reventada goteó de la mejilla del zombi sobre la comisura de la boca de Zack.

—¡Qué asco!

El chico empujó con todas sus fuerzas y logró por

fin sacarse de encima a la babosa bestia, que se tambaleó para recuperar el equilibrio. Zack se levantó inmediatamente y sujetó con fuerza el bate, dispuesto a atizarle un buen golpe.

De pronto, Madison soltó un grito y la furgoneta se detuvo en seco.

Zack se cayó de espaldas y se golpeó la cabeza contra el suelo de la furgoneta.

—¡Ostras, Madison! —se quejó Rice en la cabina—. ¿Se puede saber por qué has frenado así?

—¿Es que no lo has visto? —le espetó ella—. Era una persona. ¡Ha salido de la nada y se ha plantado frente a la furgoneta!

—Los zombis no son personas, Madison.

—No era un zombi, idiota... ¡Era como un soldado pequeño, tío!

Zack se sentó; todavía le pitaban los oídos por el impacto, veía borroso y no podía mantener la cabeza erguida. Miraba de frente a su hermana zombi, Zoe, que tenía los ojos en blanco detrás de la protección metálica del casco.

Unos segundos después, Zack perdió el conocimiento.

CAPÍTULO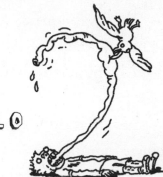

Zack se despertó con un grito ahogado. Le ardía la nariz a causa del olor penetrante de la lejía, y vio que un desconocido sostenía algo frente a su cara.

—¿Qué diablos es eso? —Zack se incorporó, medio asfixiado.

Cuando se acostumbró a la oscuridad, la silueta de un niño enjuto y fuerte empezó a tomar forma. Llevaba una camiseta verde de manga larga, pantalones de camuflaje y una mochila de aspecto pesado a la espalda.

—Son sales —le explicó el muchacho—. Los médicos las utilizaban ya en la Edad Media para reanimar a las mujeres tras un desmayo. Se las conoce también como amoníaco.

—Yo soy amoníaca —afirmó Madison con absoluta naturalidad.

—Ah, pues encantado, Amoníaca —la saludó Gregno.

—No, Madison —la corrigió Rice—. Tú lo que eres es «inmune».

—Sí, eso quería decir.

Zack echó un vistazo a lo que había detrás del niño nuevo. Los dos soldados zombis estaban sentados espalda contra espalda, sin sentido y atados con destreza de pies y manos.

—¿Es obra tuya? —inquirió Zack.

—Afirmativo —asintió el chico, que llevaba unos extraños binoculares en la cabeza—. Me llamo Ozzie Briggs.

—Zack, este tío tiene gafas de visión nocturna. ¿No flipas? —dijo Rice, señalando el dispositivo que llevaba Ozzie.

—Sí, muy chulo... —masculló Zack, frotándose el chichón de la cabeza.

—¡Y luchacos! —Rice intentó alcanzar el arma de artes marciales que colgaba de la mochila de Ozzie.

—¡Ey, aparta esas manos! —le advirtió Ozzie—. Su nombre correcto es nunchaku y fue un regalo de despedida de mi sensei de Okinawa.

—Ostras, eres como una tortuga ninja... —comentó Rice, impresionado. Luego se volvió hacia Zack—: Te lo has perdido, colega. ¡Este tío los ha machacado! Apareció de la nada y... PAM PAM PAM. —Rice daba patadas y puñetazos al aire, intentando imitar los movimientos de kung-fu que habían acabado con los zombis.

—Sí, y por poco nos mata, no te olvides —terció Madison—. ¿A quién se le ocurre plantarse delante de un coche de esa manera?

—Lo siento, nena. Tenía que hacer algo; me ha parecido que necesitabais ayuda.

«¿Acaba de llamar "nena" a Madison?» Zack frunció el ceño.

—Bueno, gracias por la ayuda.... —Alzó el brazo para darle un apretón de manos, pero Ozzie lo ignoró. «¿Se está quedando conmigo?», pensó Zack. Dejó caer la mano y miró a su mejor amigo buscando apoyo, pero Rice seguía haciendo el ninja en la penumbra del túnel.

Madison se les acercó cojeando.

—¿Podemos irnos ya de aquí, chicos? Me duele bastante la pierna.

—Tiene razón. Tenemos que ponernos en marcha —señaló Ozzie—. No deberíamos estar aquí abajo.

—Un momento, ¿y qué pasa con Zoe? —preguntó Madison.

—¡Ni hablar! Mi padre tiene órdenes de exterminar a esas bestias. —Ozzie se mostró inflexible.

—Pero si la hemos traído desde Phoenix... —protestó Rice.

—Sí y, además, es mi hermana, tío —insistió Zack—. No podemos dejarla aquí.

—Sí, «nene» —añadió Madison—. No pienso abandonar a mi mejor amiga.

—Está bien... —Ozzie cogió una manta que llevaba pulcramente enrollada y sujeta a la mochila—. Si queréis nos la llevamos, pero si la ven va a ser zombi muerta, os aviso.

Desplegó la manta con un rápido y hábil movimiento de la mano; era una especie de camilla con asas de madera en los extremos. Zack se

quedó pasmado y Rice le dio dos puñetazos en el hombro.

—¿Se puede saber a qué ha venido eso?

—Es que te habías quedado alelado... —Rice sonrió y saltó junto a Ozzie. Volvió a intentar alcanzar el nunchaku, pero el otro se lo impidió.

Rice sacó una linterna de la mochila para alumbrar el camino mientras avanzaban por el oscuro pasadizo de hormigón. Zack y Gregno llevaban a Zoe en la camilla, y Madison renqueaba con Chispas recostado cómodamente en su brazo.

—¿Cómo habéis acabado aquí abajo? —quiso saber Ozzie, caminando con facilidad gracias a sus gafas de visión nocturna.

Rice empezó por el principio:

—Todo comenzó cuando Zack me colgó el teléfono. Yo estaba sentado en el sofá, comiendo pizza skin, que, por si no lo sabes, es un híbrido de pizza,

beicon y puré de patata que está buenísimo. Bueno,
a lo que iba, estaba viendo las noticias.

Mientras Rice narraba su odisea, Ozzie los guio
hacia una escalera y por una puerta que daba a un
túnel oscuro.

—Entonces tuvimos que ir al supermercado para
conseguir Ginkgo biloba, que es como el repelente
de zombis, ¿sabes?

—Los deja fritos, y por eso Zoe no se mueve y
está así —intervino Madison, señalando a su amiga.

—Más tarde, en el cementerio, Gregster mordió a
Madison y descubrí que ella era la cura... —continuó
Rice.

—Chsss. —Ozzie se llevó el dedo a los labios y
todos se detuvieron—. Apaga la linterna —susurró.

Rice obedeció y el grupo se quedó completamente a oscuras.

—No veo nada —se quejó Madison.

—¡Alto ahí! —rugió una voz en la oscuridad.

Zack oyó que el casco de Zoe golpeaba el suelo.

Justo en aquel momento las luces del techo zumbaron y parpadearon, y el túnel se iluminó. Gregno tenía las manos en alto como un delincuente pillado en falta.

Unos metros más adelante había dos soldados en traje de camuflaje completo. Calzaban unas botas grandes de puntera brillante y llevaban un rifle automático al hombro y el nombre bordado en el bolsillo delantero del uniforme: SARGENTO PATRICK y SOLDADO MICHAELS. El soldado raso Michaels iba rapado al cero y era muy ancho de hombros. Ambos hombres tenían muy poco cuello.

Zack se colocó frente a la camilla para evitar que vieran a Zoe.

—¿Ozzie? —El sargento achicó los ojos—. ¿Qué demonios haces dentro de mi perímetro? ¡Tu padre te está buscando por todas partes! Está preocupadísimo...

El sargento Michaels activó su comunicador y habló al aparato:

—Comando estratégico, aquí Subnivel A. Solicito hablar con el coronel.

Pasaron unos segundos antes de que una voz

áspera y cargada de estática respondiera por el aparato:

—Briggs al habla.

—Coronel, le informa Michaels desde el Subnivel A con el sargento Patrick... Hemos encontrado a su hijo, señor. Está con otros niños, señor... No lo sé, señor... ¿Quiere hablar con él?... A sus órdenes, señor.

Ozzie tendió la mano para tomar el comunicador, pero Michaels pulsó el botón de desconexión.

—Hablará contigo más tarde.

En aquel instante la camilla empezó a moverse y se escuchó un gruñido detrás de los pies de Zack. Los soldados prestaron atención a lo que se retorcía bajo la manta. El sargento apartó a Zack con un antebrazo sólido como una roca, y el soldado raso se agachó junto a la camilla y dejó al descubierto a la espantosa bestia.

—¡Oh, Dio mío! —exclamó Michaels.

Zombi Zoe gruñía enloquecida detrás del casco de lacrosse. Estaba pálida y tenía en la cara unos jirones de piel parecidos a nachos. Por una comisura del labio le rezumaba un hilillo cremoso de un color que recordaba el caramelo líquido. A Zack le gruñeron las tripas; tenía más hambre de lo que pensaba.

—Acabe con su sufrimiento, soldado —ordenó el sargento Patrick.

Michaels se llevó la mano a la pistolera.

—¡No! —gritó Zack, interponiéndose entre zombi Zoe y el soldado Michaels—. ¡No podéis matarla! Es mi hermana.

Zombi Zoe se retorcía y babeaba.

—Lo siento, muchacho, pero eso ya no es la hermana de nadie. —Patrick le dedicó una mirada compasiva.

—¡Apártate, niño! —chilló Michaels.

¡ZΛS! Un sistema de puertas dobles de alta tecnología se abrió al final del túnel y todos se quedaron helados.

CAPÍTULO

Un corpulento oficial se dirigía hacia ellos, retroiluminado por el resplandor fluorescente del vestíbulo.

El sargento, el soldado raso y Ozzie sacaron pecho y adoptaron una postura marcial. Rice imitó a los soldados; Zack, en cambio, se encorvó, con las manos en los bolsillos. Gregno, que estaba sentado con las piernas cruzadas detrás de ellos, jugueteaba con la porquería que llevaba pegada a las zapatillas, y Madison, por su parte, hizo el gesto de la paz y saludó al oficial con un «hola».

Chispas ladró.

—¡Descansen! —bramó el coronel Briggs—. ¿Se puede saber qué está pasando aquí?

—Entrada ilegal, señor. —Patrick señaló a Zoe.

—Dar cobijo a los zombis es una falta muy grave. —El coronel miraba boquiabierto a la monstruosa chica que no dejaba de gruñir y retorcerse—. Hijo, nos encontramos en pleno Apocalipsis zombi, ¿y tú decides incumplir una orden directa para hacer el tonto con estos vándalos? Me has decepcionado, Oswald.

Ozzie pateó el suelo furioso y farfulló algo.

—Con todo el respeto, coronel —intervino Rice—. Su hijo nos acaba de salvar el pellejo. De no ser por él habríamos muerto y ya no habría ninguna cura.

—¿Cura? —El coronel Briggs se quedó perplejo.

—Así es, coronel —prosiguió Rice—. Madison es una vegana radical con una elevada tasa en sangre de Ginkgo biloba, lo cual la convierte en un auténtico antídoto.

—¡Más vale que alguien me explique esto ahora mismo! —bramó Briggs.

Rice abrió la boca para continuar.

—¡Cualquiera menos tú! —apostilló el coronel, y miró a Zack—: ¿Por qué no lo explicas tú, muchacho? ¿Puedes hablar o se te ha comido la lengua el gato?

Zack tragó saliva.

—A ver, señor... A Madison la mordió zombi Greg, que había sido atacado por zombi Chispas, que a su vez se había convertido en zombi por comer una zombi hamburguesa; pero Madison no se transformó, gracias al Ginkgo. Entonces, zombi Greg, después de morder a Madison, dejó de ser zombi, y lo mismo sucedió con zombi Chispas; lo que significa que ella es el antídoto contra los zombis, según Rice.

—Muchacho, no sé de qué zombis me estás hablando, pero ésa es la trola más grande que me han intentado colar en mi vida.

—No es una trola, señor —intervino Rice—. Todo esto es por culpa de BurgerDog.

—¿BurgerDog? ¿Qué diablos es eso?

—Es una nueva cadena de comida rápida, señor —explicó el sargento.

—«La hamburguesa que sabe a perrito caliente» —añadió el soldado Michaels, recitando el eslogan publicitario.

Zack asintió.

—Madison es inmune. No se puede convertir en zombi porque no come carne y bebe litros de zumo de Ginkgo biloba.

—¡Menuda chorrada! Aquí lo único que sucede es que os habéis saltado el control obligatorio y habéis entrado sin autorización en una zona restringida.

Zoe gruñó.

—¿Y cómo es que esta bestia todavía respira, sargento? —inquirió el coronel Briggs.

Zack se acercó corriendo al coronel.

—¡Señor, por favor, espere!

—Jovencito, ahora mismo nuestra máxima prioridad es erradicar a todos estos endemoniados devo-

radores de cerebros para que los humanos podamos sobrevivir.

»Mírala —suspiró Briggs, señalando a zombi Zoe, que babeaba y hacía gárgaras dentro del casco protector—. No tenemos elección.

—Permiso para exterminarla, coronel. —Michaels apuntó el arma.

—¡Esperad! —gritó Madison—. Lo demostraré. —Madison cojeó hasta su amiga.

Briggs enarcó las cejas.

—¿Qué piensas hacer, Madison? —preguntó Zack—. Te podría morder...

—Se me acaba de ocurrir algo. Mirad. —Madison se desenrolló parte del vendaje que le cubría la herida y dejó caer la gasa manchada de sangre entre las barras metálicas del casco.

Todos observaron con asco a la hermana de Zack chupar y engullir la gasa teñida de rojo como una llama hambrienta en un zoológico infantil. Pasaron unos segundos y el gemido infrahumano de Zoe remitió. Los bultos irregulares que le deformaban el rostro empezaron a deshincharse y, de golpe, Zoe dejó de gruñir y perdió el conocimiento. Poco después abrió los ojos de par en par y los clavó en Zack.

—¡Estás muerto, hermanito!

—Tú sí que estabas muerta... —dijo Gregno.

—¿Qué hace Greg aquí? —preguntó Zoe en un tono bastante desagradable.

—Ya no es Greg —la puso al corriente Rice.

—Sí que lo es —replicó ésta, convencida.

—No —repuso Rice—. Ahora es Gregno.

—¡Soltadme! —exigió Zoe, retorciéndose furibunda, pero nadie se movió—. ¡Que me soltéis ya!

Gregno se puso en cuclillas, soltó el cierre del casco y se lo quitó. Después desenrolló la correa de Mister Guauguau del cuerpo de Zoe y ésta se incorporó.

—¡Válgame Dios! —exclamó el sargento.

El coronel Briggs también se había quedado atónito y miraba incrédulo a la chica.

—¿Y por qué no me hacéis una foto? —les espetó Zoe—. Así os durará más el subidón.

Briggs y Patrick se acercaron para cuchichearse algo en el tono que utilizan los adultos cuando traman algún plan.

—Ostras, Mad, ¿qué te ha pasado? —preguntó Zoe—. Tienes muy mala cara...

«No tanto como tú», pensó Zack.

El rostro de su hermana seguía repleto de asquerosas manchas de putrefacción y el flequillo negro se le pegaba a la frente como las fauces brillantes de un escarabajo. No obstante, a pesar de su aspecto desaliñado y de un par de heridas abiertas, Zoe volvía a ser humana.

—Te recordaba mucho más guapa, Mad —continuó Zoe, sin cortarse un pelo.

—¿Te acuerdas de algo? —inquirió Rice.

—Pues claro que sí, pequeño Johnston. —Zoe era prácticamente la única persona que no se dirigía a Rice por su apellido—. A ti te recuerdo como el niñato más pringado del mundo mundial.

—Creo que vuelve a ser la de siempre —le susurró Madison a Zack.

—Ah, ¿sí? —replicó Rice—. Pues lo más seguro es que no tengas ningún daño cerebral, porque para eso hay que tener cerebro.

Zoe lo amenazó con el puño. Rice retrocedió, aunque de todas formas acabó recibiendo dos codazos en el brazo.

—Escuchad, chicos —los interrumpió Ozzie—. No quiero aguaros la fiesta, pero mi padre dice que tenemos que largarnos de aquí...

Unas cuantas plantas más arriba, tras tomar un par de ascensores, avanzaron por un estrecho pasillo que conducía a una sala de seguridad.

—¡Todos firmes! —El coronel Briggs se detuvo y apoyó la palma de la mano derecha en una pantalla que escaneó sus huellas. A continuación acercó el ojo a un escáner retinal. Una luz verde se iluminó en la cerradura de la puerta.

—Bienvenido, coronel —saludó una voz robótica de mujer.

Zack echó un vistazo al interior. Esperaba que fuera una sala como esas que salen en las pelis de ciencia ficción, pero la habitación no era más grande que un armario y lo único que había en ella era un antiguo teléfono rojo colgado en la pared.

Briggs entró en el habitáculo y se sacó de debajo de la camisa una cadena de plata con una llave. Pulsó un par de botones e introdujo la llave en el antiguo aparato telefónico. Luego descolgó el auricular y marcó tres veces: siete-siete-siete.

¡Clic-clic, clic-clic, clic-clic! ¡Ding!

—Coronel Briggs al habla. Solicito una reunión de emergencia de Operaciones Especiales y las Fuerzas Aéreas de Tucson... Sí... Tenemos a una muchacha que podría ser la solución a la epidemia. —El coronel Briggs se llevó la mano a la frente, totalmente inmerso en sus pensamientos, pero seguidamente se puso a recitar una serie compleja de palabras clave—: Águila. Fénix. Panda. Padrino. Perro lobo. Nueve. Tortita.

—¿Qué significa eso? —preguntó Rice.

—Al parecer está llamando a los peces gordos —respondió Michaels—. Vuestra amiga se va a Washington. Puede que visite la Casa Blanca, incluso que conozca al presidente.

—Zack, tengo miedo —confesó Madison, asustada. Patrick y Michaels la llevaban en la camilla de Ozzie—. ¿Qué van a hacer conmigo?

—No te preocupes, todo irá bien.

—¿Estás seguro?

«No», pensó Zack.

—Pues claro —le aseguró.

—Recibido. —Briggs colgó y se volvió hacia sus hombres—. Llevadla a la enfermería para que le curen bien la herida antes del despegue. Me reuniré con vosotros en la pista de aterrizaje.

—¡Sí, señor! —respondieron.

Se disponían a llevarse a Madison cuando ésta gritó:

—¡Esperad! —Abrazaba a Chispas contra el pecho—. ¿Es que no vais a dejar ni siquiera que me despida?

Briggs gruñó, comprobando su reloj.

—Vale, pero que sea rápido.

El grupo se reunió alrededor de Patrick y Michaels.

—Gracias por haberme salvado la vida en Albertsons, Madison. —Rice fue el primero en hablar—. Has estado bastante guay esta noche.

—Gracias, pringado. —Madison alzó el puño cerrado. Rice le dio un golpecito y se apartó para dejar paso a Zack.

»Zack, no sé qué decir. —Madison le miró con los

ojos llorosos—. Si no llega a ser por ti, ahora todos seríamos zombis. Bueno, a lo mejor yo no, pero ya sabes... —Abrió los brazos y le dio un buen abrazo. Chispas aprovechó para lamerle la nariz.

Gregno sonrió y entrelazó los dedos, a punto de llorar de emoción. Zoe, en cambio, carraspeó.

—Y Zoe —continuó Madison dirigiéndose a su mejor amiga—, ya sé que piensas que tu hermano es un inútil; pero no está tan mal, de verdad.

Zoe asintió con la cabeza, como si al fin cayera en la cuenta.

—Has perdido mucha sangre, guapa. Deliras, así que no te lo tendré en cuenta. Ahora creo que debe-

ríamos dejar que estos tíos buenos te lleven al médico y se aseguren de que no te queden secuelas.

—Venga, vamos. —Briggs suspiró—. ¿Satisfechos?

Todos asintieron.

—Bien, perfecto. Ahora... ¡apartaos!

—Adiós, Amoníaco —se despidió Gregno con el ceño fruncido mientras los soldados se llevaban a Madison y a Chispas—. ¡Ha sido un placer conocerte!

CAPÍTULO

El coronel Briggs los guió rápidamente por el pasillo central del piso superior. Las paredes estaban relucientes, y Zack se alegró de estar al fin en un lugar esterilizado y sin gérmenes.

El coronel se detuvo frente a otra entrada de aspecto futurista e insertó la llave. Las puertas de acero inoxidable de alta tecnología se abrieron y Briggs los hizo entrar en fila india en la sala de control aéreo.

Había una mesa de control enorme con una gran pantalla vertical que mostraba seis tomas, desde ángulos diferentes, de las cámaras de seguridad instaladas en diversos puntos de la base.

Detrás de la consola digital y de la pantalla, un

prisma de cristal se asomaba al complejo militar. En el exterior, dos focos enormes recorrían el paisaje atestado de zombis. Los muertos vivientes pululaban como zánganos por el desierto, a trompicones, arrastrándose hacia la valla de seguridad que rodeaba la base. Trepaban por encima de otros zombis y se agarraban a la red metálica.

—Está bien. Ahora, ¡escuchadme! —bramó Briggs desde la puerta. Zack sintió un escalofrío en la espalda—. Esta habitación es impenetrable. Así que nadie se mueve de aquí sin que yo lo diga, ¿está claro?

—¡Sí, señor! —respondieron.

—Y no toquéis nada —añadió el coronel Briggs con brusquedad. Dio media vuelta y salió.

Las puertas se cerraron automáticamente y los muchachos se quedaron solos. En la sala de control aéreo no se oía ni una mosca. Gregno se hurgaba la nariz.

—Tu padre tiene muy mala leche, ¿no? —comentó Zoe, rompiendo el silencio.

—Bueno, es bastante estricto, eso es todo. —Ozzie se inclinó hacia la consola y echó un vistazo a los monitores de seguridad.

Rice se sentó a los controles.

—¡Este sitio es la bomba! Parece sacado de una peli. —Y comenzó a dar vueltas en la silla giratoria.

En aquel preciso momento se oyó un zumbido y Zoe dio un respingo; su bolsillo estaba vibrando.

—¡Yupi! ¡Me llegan mensajes! —exclamó, sacando el móvil—. Me había olvidado por completo de ti. —Besó el teléfono—. Lo siento, pringados, ahora me toca ser popular.

¡Moooc, moooc, mooc!

De golpe las luces de la sala se atenuaron, sonaron sirenas y varias luces rojas destellaron en las esquinas del techo.

—Oh, oh —dijo Ozzie—. Esto no pinta nada bien...

—¿El qué? ¿Qué es lo que no pinta bien? —preguntó Gregno, mordisqueándose el puño.

—¡Eso! —Ozzie señaló los monitores de seguridad.

Zack y Rice miraron las pantallas por encima del hombro de Ozzie: una horda de zombis se amontonaba al otro lado de la valla de alambre; un sinfín de manos escamosas se aferraban a la alambrada y la sacudían violentamente. El suelo estaba lleno de ojos y puntas de dedo.

—¡No me lo puedo creer, chicos! —exclamó Zoe desde el otro extremo de la habitación—. ¡Samantha Donovan le ha arrancado la cara a Rachel Schwartz de un mordisco!

—¡Nos importa un bledo! —le contestó Zack a su hermana, y volvió a concentrarse en la pantalla de vigilancia.

El coronel Briggs y el sargento Patrick estaban en la pista, con Madison, esperando el helicóptero. Ozzie pulsó algunas teclas y la imagen se amplió y adquirió definición. El coronel chillaba órdenes por radio. Madison lloraba e intentaba alejarse, pero Patrick la alzó con un solo brazo y se la cargó al

hombro. La muchacha pataleaba y daba puñetazos en la espalda del sargento, gritando con todas sus fuerzas.

Zack entrecerró los ojos para leerle los labios. Parecía que estuviera diciendo...

—¡Chispas! —exclamó Rice, señalando otra pantalla.

La valla de seguridad cedió y se vino abajo. El cachorro salió disparado hacia el desierto a través del traicionero racimo de pies y ojos colgantes.

La sirena de emergencia seguía aullando en la sala de control.

Zoe se acercó a los chicos sin apartar los ojos del buzón de su móvil.

—Jamie Dumpert no tiene ojos... ¡Ecs! —Se le escapó una carcajada mientras seguía leyendo sus mensajes—. ¡Os... tras!

—Zoe, como leas uno más te juro...

—¡Éste es de mamá y papá, idiota! —le espetó su hermana.

—¿Cómo? ¿Y qué dicen? —preguntó Zack.

—Ah, ya veo. —Zoe hizo una pausa—. Ahora sí que te interesa mi popularidad, ¿eh?

—¡Zoe!

Su hermana se aclaró la garganta.

—Dice: «Queridísima hija, te queremos mucho y siempre te querremos. Ya es hora de que tu hermano sepa la verdad. Zack es adoptado.»

—Cállate, Zoe —refunfuñó Zack.

Ella pulsó otro botón.

—Es un mensaje de vídeo, cabeza de chorlito.

—¿Cuándo lo han enviado? —quiso saber Zack.

—Hace media hora —contestó su hermana.

«Todavía están vivos...», pensó Zack.

El vídeo tardó unos segundos en cargarse. Zack miró por encima del hombro de su hermana las caras pixeladas de sus padres en la diminuta pantalla digital. Estaban acurrucados bajo un escritorio, casi a oscuras. El mensaje de vídeo continuaba con un tembloroso primer plano de la señora Clarke. Hablaba en voz baja y resultaba difícil entender lo que decía debido a la baja calidad del sonido.

—¿Funciona?... No lo sé. ¿Niños? Seguimos en el colegio... Queremos que sepáis que os queremos... Si logramos salir con vida de aquí, ésta habrá sido nuestra última reunión de padres y maestros, desde luego. —En aquel momento se oyó un fuerte estrépito al fondo—. ¿Lo has oído?... Chsss... —La pantalla se quedó en blanco.

El terror le atenazó el estómago a Zack. ¿Estarían bien sus padres todavía? Sólo había una manera de descubrirlo.

Pero en aquel preciso instante un rayo de luz intensa se coló por las ventanas.

—¿Qué ha sido eso? —preguntó Zoe.

—¡Ya está aquí! —gritó Ozzie—. ¡El helicóptero!

Todos se inclinaron sobre la consola y observaron fijamente los monitores.

El helicóptero negro azabache estaba suspendido en el aire sobre la pista atestada de zombis. Una escala de cuerda apareció en escena bamboleándose a un metro de altura. Madison recorrió con la vista el infestado paisaje en busca de su cachorro perdido mientras subía atemorizada el último peldaño. Dos hombres con traje oscuro y gafas de sol la ayudaron a subir a bordo. El helicóptero se elevó hacia el oscuro y estrellado cielo.

—¡Sí! —vitoreó Gregno. Saltó sobre una de las sillas giratorias y estiró los brazos como si fuera un avión.

Zack vio que la silla caía de repente hacia atrás y Gregno se golpeaba la barbilla contra el panel de control antes de aterrizar en el suelo con un ruido sordo.

Entonces se oyó otro pitido y una voz de mujer, electrónica y calmada, resonó en los altavoces del sistema de alerta de la base de las Fuerzas Aéreas:

—Tres minutos para el aislamiento automático. Repito. Tres minutos...

—¡Maldito tarado! —despotricó Ozzie, pulsando frenéticamente los botones de la consola.

Gregno ladeó la cabeza, cerró los ojos y se quedó inconsciente. Zack se arrodilló y lo sacudió para despertarlo.

—Ozzie —llamó Zack—. Utiliza las sales esas.

—Ya no me quedan... —respondió el chico con una mueca.

—¡Ostras! —Rice señaló las cámaras de seguridad.

En pantalla, el sargento Patrick y el coronel Briggs seguían en la pista de aterrizaje. Estaban rodeados, atrapados en el centro de un grueso círculo de zombis. El coronel y el sargento luchaban con valentía, asestando puñetazos a diestro y siniestro.

Ozzie tragó saliva; tenía los ojos abiertos como platos.

Zack sintió náuseas al pensar en sus propios padres atrapados en un colegio repleto de zombis.

Justo entonces, el sonido de un tiroteo atravesó las paredes.

—¿Qué ha sido eso?

Escudriñaron rápidamente todos los monitores de vigilancia, y vieron que una manada de zombis había irrumpido en el complejo militar y bloqueaba un pasillo con cuatro salidas. El soldado Michaels estaba arrodillado en la intersección, recargando su arma. Introdujo su último cartucho de munición, pero la horda de bestias atacó al soldado antes de que pudiera disparar.

—¡Mierda! —maldijo Ozzie—. Están en nuestra planta.

—Pero ¿cómo han llegado hasta aquí tan rápido? —preguntó Zack, con cierto pánico en la voz.

—No lo sé —respondió Ozzie—, pero están aquí.

Zack volvió a clavar la mirada en la pantalla que mostraba la pista de aterrizaje. Un denso enjambre de lunáticos mutados llenaba el monitor. Ni rastro del coronel ni del sargento.

—Dos minutos para el aislamiento automático —avisó la voz robótica.

—Chicos, tenemos que largarnos de aquí... —Zack repasó mentalmente el mensaje de vídeo una vez más—. Tenemos que volver a Phoenix y salvar a nuestros padres.

—¿Y qué pasa con Gregno? —inquirió Zoe—. Es demasiado mono para que se lo coman esas bestias.

Gregno se chupaba el pulgar y yacía semiinconsciente en el frío y duro suelo.

—Aquí estará a salvo. Ya habéis oído lo que ha dicho mi padre —dijo Ozzie.

—¿Y entonces? ¿A qué esperamos? —inquirió Zack.

—Lo haremos a mi manera, ¿vale? —exigió Ozzie.

—¡Vale! —respondió Rice a voz en grito.

—Vale —masculló Zack.

—Lo que tú digas, bombón. —Zoe pulsó el botón que había en la pared y las puertas se abrieron—. ¡Larguémonos!

CAPÍTULO 3

Zack, Rice, Ozzie y Zoe salieron escopetados al pasillo, con las luces de alarma destellando en el techo. Una masa de piernas y brazos hechos papilla dobló la esquina en dirección a ellos; era una panda putrefacta de zombis patizambos que se arrastraban hacia el pasillo de linóleo.

—¡Por el otro lado! —gritó Zack.

Dieron media vuelta y tomaron el sentido contrario. Al fondo, otra pandilla de espantosos zombis impedía el paso. Los chicos estaban atrapados entre dos manadas que avanzaban a cámara lenta, bloqueando ambos frentes.

—¡Maldita sea! —protestó Zack—. Y ahora ¿qué hacemos?

—Déjamelos a mí —dijo Ozzie, recuperando el nunchaku que colgaba de su mochila militar.

—Pues, tío, si piensas luchar contra todos esos monstruos, más vale que seas Bruce Lee —comentó Zack, sin dejar de mirar la dantesca horda que se tambaleaba de modo psicótico por el pasillo.

Los zombis gemían y babeaban mientras se arrastraban hacia ellos. Una bruma de fetidez impregnaba el aire e invadió el pasillo con el hedor penetrante de la muerte.

Zoe salió disparada hacia la única puerta que había y la abrió de un tirón.

—¡Maldito armario!

—¿Qué hay dentro? —Zack apartó a su hermana.

Había un cubo de fregar amarillo lleno de agua mugrienta, una fregona y dos escobas apoyadas en un rincón. Zack cogió la botella de detergente de la estantería y vertió un poco de jabón en el agua sucia del cubo. Luego usó la fregona para removerla y formar espuma.

—¡Toma! —Pasó las escobas a Zoe—. Dale una a Rice.

Detrás de ellos, la primera masa de zombis seguía

avanzando poco a poco. Por delante, la segunda horda de desdentados muertos vivientes también se tambaleaba, aproximándose.

Zack sacó la fregona del cubo y empapó el suelo.

—¿Qué haces? —preguntó Zoe—. Esto va a ser una pista de patinaje.

—Ésa es la idea, listilla —repuso Zack, mojando también el otro lado—. Convertir esto en una resbaladiza pista de patinaje.

—Ya lo pillo... —Ozzie se acercó a toda prisa—. Pero deberíamos acelerar las cosas. Tenemos menos de un minuto para salir de aquí —añadió, y le dio una patada al cubo.

—Pero ¿qué nari...? —protestó Zack.

El cubo volcó y el espumoso líquido se derramó a los pies de la horda de zombis, que chapotearon y resbalaron en el linóleo como una pandilla de patinadores novatos. Intentaban agarrarse a las paredes para recuperar el equilibrio, pero perdían pie y caían al suelo.

—Seguidme. —Ozzie guardó el nunchaku y salió

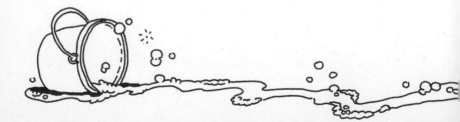

disparado. Se escurrió entre las patosas bestias y, con dos rápidos movimientos, aplastó a un par. Seguidamente se volvió, agachado como un jugador de hockey y se cargó a dos más. Para acabar, dio una oportuna voltereta hacia atrás por encima del último zombi y aterrizó sobre el suelo seco.

«Pero ¿quién es este tío?», pensó Zack.

—Preparados... listos... —Zack sujetaba con fuerza la fregona.

Los zombis que venían por detrás estaban ya a un metro de ellos, produciendo unos sonidos que pare-

cían salidos de una película de dibujos animados: Ñam, ñam, ñam.

—¡Ya! —Zoe se lanzó a la carrera con su escoba.

Rice corrió entre los zombis con los ojos clavados en el suelo, y Zack utilizó la fregona como pértiga y saltó por encima de las reanimadas bestias. Al otro lado, Ozzie, que estaba fuera de peligro, siguió derrotando zombis uno a uno hasta que no quedó ninguno.

—Treinta segundos para el aislamiento automático... —avisó la voz.

—Rápido —gritó Ozzie—. ¡Todavía podemos conseguirlo! —Los guio a través de la oscuridad de la base hasta unas escaleras. Zack, Zoe y Rice bajaron tras él.

—El aislamiento automático tendrá lugar en diez, nueve, ocho...

Ozzie se deslizó por el pasamano y saltó hasta la barra de empuje de una salida de emergencia.

—... tres... dos... uno...

Al llegar al suelo, todos se precipitaron al exterior.

—Aislamiento completado —anunció la voz de robot cuando la puerta se cerró tras ellos.

Los chicos se encontraban en lo alto de una pequeña escalera de cemento, desde donde se veía un mar de vehículos de motor.

—¿Qué hacen todos estos coches aquí? —quiso saber Zoe.

—Deben de ser los del atasco —contestó Zack.

—¿Atasco? No recuerdo ningún atasco —replicó su hermana.

Rice le refrescó la memoria.

—Cuando estabas completamente... —Encorvó la espalda y alzó los brazos, poniendo cara de zombi—. Pero, claro, tú ibas dentro del maletero del Volvo de tu madre.

A lo lejos, cientos de zombis salvajes se arrastraban por el asfalto, lamiéndose los mocos.

—¡Venid aquí! —ordenó Ozzie desde abajo.

Zack oyó un gemido inhumano y se puso a gatas para echar un vistazo debajo del Jeep Wrangler que tenía a la derecha. Una agente de policía zombi se retorcía boca abajo, arañándose con la gravilla. Sacu-

dió la cabeza y miró fijamente a Zack; tenía los ojos inyectados en sangre. La poli zombi, que sonreía de un modo inquietante y respiraba con dificultad, se arrastró hacia ellos bajo el chasis del Jeep, sin dejar de gemir y de bramar.

—¡Corre, Rice! —gritó Zack, y salieron disparados como flechas.

Se detuvieron junto al último coche y se asomaron desde delante de un Cadillac violeta con dos enormes cuernos de toro en el capó. Una banda de desalmados avanzaba con torpeza entre las hileras de vehículos: hombres de pecho peludo con pendientes que escupían dientes; mujeres esbeltas que se tambaleaban con los fibrosos músculos colgando de los huesos; ancianas que se arrastraban junto a vaqueros cuarentones con sombrero, botas de cuero y espuelas que tintineaban al andar. Cerebros que goteaban por las ventanas de la nariz y piel a jirones; cada zombi era más repugnante que el anterior.

Ozzie señaló más allá del desfile de muertos vivientes. Junto a la valla de seguridad había un gran tanque militar rodeado de zombis que salían de la maleza.

—Tendremos que ser rápidos —avisó, estirando las piernas y arqueando la espalda.

—¿Pretendes que lleguemos hasta allí? —preguntó Zoe, perpleja.

—Pues claro, ¿qué pasa? —Ozzie le dio un repaso a Zoe—. Tú estás en buena forma. —Ladeó la cabeza hacia los chicos y añadió—: Ellos me preocupan un poco más.

—¿Qué quieres decir con eso? —inquirió Zack.

—Pues que vosotros dos no tenéis pinta de hacer mucho deporte... —Ozzie dejó la crítica flotando en el aire fétido.

—Pero ¿qué dices, tío? Nos las estábamos apañando la mar de bien antes de que aparecieses —replicó Zack.

—Vale, vale. Calma todo el mundo. —Ozzie recuperó el nunchaku de la mochila—. Pero, sobre todo, que nadie se interponga en mi camino.

Y, acto seguido, Ozzie se aproximó a los zombis meciendo lentamente su querida arma de artes marciales. En cuanto los chicos empezaron a adentrarse en el terreno de los muertos vivientes, éstos les clavaron la mirada. Ozzie entró en acción y atacó con furia para despejar el camino al resto del grupo. El único sonido que se oía era el zumbido de la madera azotando el aire y el ruido de los fuertes porrazos que Ozzie repartía utilizando el nunchaku con estilo.

Los psicópatas caían al suelo uno tras otro, y Zack, Rice y Zoe zigzagueaban por la pista esquivando miembros despedazados. En cuanto llegaron al claro, Rice y Zoe corrieron hacia el enorme tanque negro. Zack se disponía a seguirlos cuando vio que un último zombi se arrastraba hacia Ozzie.

El coronel Briggs se quedó plantado frente a su hijo; le faltaba un brazo y la sangre le salía a chorros del hombro como de una botella de Ketchup estrujada.

—¿Papá? —A Ozzie se le escurrió el nunchaku de las manos, que voló por los aires y repiqueteo contra el cemento—. ¡El brazo!

El coronel zombi sostenía su brazo amputado por la muñeca; parecía un cavernícola con su garrote. Cuando alzó el brazo bueno dispuesto a aplastar a su hijo con la extremidad amputada, Ozzie se quedó helado.

Zack se echó encima de Ozzie y lo tiró al suelo. El coronel perdió el equilibrio y también cayó. El brazo

zombi fue a parar muy cerca de los chicos, que rodaron para ponerse fuera de peligro y se levantaron.

—¿Y a ti qué te pasa? —Ozzie empujó a Zack; fue como un pase de pecho pero sin la pelota de baloncesto—. Te he dicho que no te interpongas en mi camino.

—Estupendo —replicó Zack, enfadado—. La próxima vez que tu padre quiera jugar al béisbol con tu cabeza, dejaré que os divirtáis, ¿vale? —Y se frotó la clavícula dolorida por el empujón de Ozzie.

Ozzie permaneció inmóvil mirando al coronel Briggs, que seguía en el suelo, reptando hacia ellos. El brazo suelto del coronel se arrastraba junto a él como Cosa, la mascota de la Familia Addams.

Ozzie observaba a su querido padre con los ojos vidriosos. Una oleada masiva de zombis se dirigía hacia ellos; estaban a punto de pisotear a su padre.

—Venga... ¡Vámonos! —A Ozzie le tembló un poco la voz.

Corrieron ambos hasta el tanque blindado mientras los muertos vivientes seguían al acecho.

CAPÍTULO

O zzie se sentó en el asiento del conductor y examinó una fila de botones de colores primarios. Giró varios interruptores y pulsó el botón verde de inicio de marcha. El tanque traqueteó y empezó a rodar, abriéndose camino a través del perímetro infestado de zombis.

Zoe se sentó al periscopio del cañón de la torreta y Zack junto a Rice, en el banco adosado a un costado. Del techo del angosto tanque colgaban muchos cables negros y blancos, y la parte trasera del vehículo estaba repleta de válvulas hidráulicas, palancas, manivelas negras con pequeños disparadores rojos y conductos de ventilación y compartimentos con ad-

hesivos naranja de precaución y etiquetas de adver-
tencia.

—Tomad. Poneos esto y subid.
—Ozzie les pasó dos gafas de visión nocturna—. A ver si lo-
calizáis la autopista.

—¡Cómo mola! —Rice
tomó las suyas y se las
puso. Le sobresalían las
orejas de un modo extra-
ño a causa de la cinta elástica.
Sonrió; parecía un loco.

Zack también se puso las ga-
fas, se asomó por la trampilla de la torreta y
escudriñó el horizonte. El tanque se dirigía hacia una
ladera empinada, donde un aluvión de zombis se
tambaleaba cuesta abajo envuelto en neblina color
lima. A la luz verde de las gafas de visión nocturna
parecía que todo vibraba.

Zack bajó la cabeza por la escotilla.

—¡Gira a la izquierda, Oz! —Se asomó de nuevo,
justo a tiempo para comprobar que el tanque giraba
a la izquierda y eludía la colina infestada de zombis—. Uf, por los pelos... —Se secó la frente.

En aquel instante, un zombi harapiento como un

vagabundo se abalanzó sobre el vehículo y subió por la oruga como si de una cinta transportadora se tratara. El mendigo rabioso alzó los brazos torcidos en forma de «Z» y gruñó.

—¡Cuidado, Zack! —avisó Rice por encima del estruendo del tanque.

El muerto viviente se echó sobre Zack, que pudo apartarse a tiempo; la bestia de cabello grasiento cayó al suelo del desierto. ¡Uf!

Zack recorrió el horizonte con la mirada y divisó un paso elevado de cemento que parecía llevar directamente a la autopista. Los chicos se metieron de nuevo en el tanque.

—La autopista está justo ahí, Ozzie —informó Zack—. Todo recto.

Una vez dentro del tanque, Rice miró a su alrededor y comenzó a olisquear el aire como un gatito embobado con un insecto volador.

—¿A qué huele? —preguntó—. ¿No lo notáis?

—¿Te refieres a Zoe? —bromeó Zack.

—Huele a BurgerDog —afirmó Rice, inhalando con fuerza.

Zack respiró hondo y también percibió el hedor a podrido del perrito caliente. Rice estaba en lo cierto.

—¿Seguro que no es por la hamburguesa que llevas en la mochila?

—Seguro, porque ésa está dentro de una bolsa cerrada herméticamente —explicó Rice.

—Un segundo... —Zack se asomó una vez más por la escotilla de la torreta.

Faltaban unas horas para el amanecer. Miró a su alrededor y descubrió una cúpula de luces de neón azul al borde de la carretera, un poco más adelante.

Zack activó el teleobjetivo de sus gafas de visión nocturna.

Un enorme perro salchicha giratorio de Burger-Dog daba vueltas con lentitud en un área de descanso de la autopista. Salía una nube de humo de la cocina situada en la parte trasera del edificio. La zona de aparcamiento estaba llena de vehículos abandonados, y era evidente que se habían producido colisiones frontales y choques laterales. Los parabrisas rotos estaban embadurnados de algo rancio. La puerta principal del restaurante de comida rápida estaba destrozada y en la estación de servicio ardía un pequeño fuego porque un coche había chocado contra un surtidor.

—¡Guau! —Un breve ladrido resonó en el inquietante silencio.

Zack escuchó con atención. ¿Se lo habría imaginado?

—¡Guau! ¡Guau!

«¿Chispas?»

—¡Ozzie, para este trasto!

El tanque salió de la autopista y se detuvo en el desguace postapocalíptico. En la capa de polvo que cubría la ventanilla lateral de una furgoneta Ford, habían escrito la palabra «ZOMBI». Corrían por el asfalto montones de roedores del desierto que intentaban hacerse con los trozos dispersos de carne de hamburguesa.

Rice y Zoe salieron por la escotilla después de Zack, y Ozzie saltó al exterior por la abertura del conductor. Bajaron de un brinco y corrieron por la alfombra de alimañas hacia la entrada del restaurante BurgerDog, donde Chispas no paraba de ladrar.

—¡Ecs! —exclamó Zoe cuando una rata le pasó por encima del pie—. ¡Y yo sin botas!

—¡Chispas!

Ozzie se quedó inmóvil y señaló al suelo.

—Una serpiente...

Una serpiente de cascabel, muy hinchada por el atracón de BurgerDog, arremetió de pronto contra el persistente chucho sacando los colmillos, con la gangrenosa boca abierta.

Chispas gruñó para defender el perrito caliente que había encontrado medio mordisqueado. Hundió la cabeza entre las patas delanteras, alzó el trasero y meneó la cola.

—¡Guau! —El cachorro creía que aquello era un juego.

—¡Tssssss! ¡Ssssssss! —Estaba claro que la serpiente no opinaba lo mismo.

Y entonces, de repente, del bulto que se había formado en el cuerpo del reptil brotaron unas extrañas garras y unas patas salieron a la luz destripando a la serpiente. Fue una espantosa sucesión de consumo y digestión, renacimiento y resucitación a la inversa; la cadena alimenticia en el mundo al revés.

—Qué asco —comentó Rice, quien se había quedado atónito por el desorden antinatural de los hechos.

El reptil zombi se lanzó con la boca abierta sobre la rata que nacía de su propia panza y empezó a engullirla por segunda vez.

Chispas se atragantó y vomitó trozos de carne de la hamburguesa zombi. Zack cogió al cachorro en brazos y le rascó las orejas.

—No deberías haberte zampado eso...

El perro giró la cabeza y dejó escapar un par de gemidos tristes.

—¿Qué te pasa? ¿Echas de menos a Madison?

Y fue entonces cuando Zack alzó la vista y comprendió por qué gimoteaba Chispas.

Un camionero zombi salió de detrás de su vehículo de dieciocho ruedas. Justo después, un empleado del BurgerDog, que yacía tumbado tras un descapotable rojo, se incorporó; la tripa le caía de modo repugnante por encima de los pantalones hechos jirones. Más y más zombis aparecieron entre los restos de los coches: conductores y viajeros medio muertos, amas de casa desquiciadas y empleados de gasolinera embadurnados de grasa; todos con hambre de cerebro. Las bestias se tambaleaban por el aparcamiento infestado de ratas con la enloquecida mirada clavada en los rescatadores del perrito.

—Colega —dijo Rice—, creo que acabamos de convertirnos en el menú del día.

—¡Retirada! —gritó Ozzie, y salieron disparados hacia el tanque.

Zoe gritó cuando vio que una descomunal cantidad de ratas se concentraba a sus pies. Se le cayó el móvil al suelo.

—¡Oh, mi precioso teléfono! —Dejó de correr y se volvió para recuperarlo, pero los asquerosos roedores sepultaron el dispositivo inalámbrico en un abrir y cerrar de ojos.

—¡Olvida tu estúpido teléfono, Zoe! —Zack agarró a su hermana del brazo y la sacó de la alfombra de histéricos roedores.

Rápidamente treparon por el casco y se metieron de un salto en el tanque, que traqueteó y empezó a moverse. Mientras se incorporaban de nuevo a la autopista, Zack oyó el crujido de los huesos aplastados de las ratas que habían quedado atrapadas en los engranajes.

—¿Estamos todos? —preguntó Ozzie.

Rice hizo un recuento rápido.

—¡Afirmativo, capitán!

—¡Guau! ¡Guau! —ladró Chispas, intentando lamerle la cara a Zack.

—De nada —le dijo el chico al cachorro.

Mientras tanto, el tanque avanzaba por la autopista de cuatro carriles, repleta de muertos vivientes que se arrastraban por el asfalto con las extremidades retorcidas.

CAPÍTULO 7

A l fin estaban de vuelta en Phoenix.

Ozzie había conducido el tanque por el desierto durante más de dos horas mientras les contaba su vida con pelos y señales. De hecho, hacía apenas unas horas que Zack lo conocía y ya se la sabía de memoria.

Artes marciales. Safaris. Submarinismo. Sabía conducir un tanque y, además, dominaba el kung-fu. ¿Qué más sabía hacer? ¿Pilotar un avión? Zack se preguntaba si no sería incluso capaz de volar sin aeronave, porque le daba la sensación de que sólo le faltaba la capa de superhéroe.

El tanque se detuvo junto a una señal amarilla:

¡PRECAUCIÓN! ZONA ESCOLAR. Los chicos salieron y se bajaron al paso de cebra. Al final de la calle, la cortina de oscuridad que cubría la fachada del colegio comenzó a desvanecerse a medida que el sol ascendía más y más sobre el horizonte.

Todo parecía tranquilo. El aparcamiento repleto de monovolúmenes estaba tan limpio y ordenado como un concesionario de coches. Los arbustos y las flores no estaban pisoteados, y sólo se oía el gorjeo de los pájaros. El exterior del edificio también seguía intacto, excepto por una ventana rota y unas marcas de neumático quemado. Seguramente algún coche había huido a toda prisa, porque las huellas viraban bruscamente. «Quizá los padres de Rice hayan logrado escapar después de todo», pensó Zack. También era posible que en aquel preciso instante los Rice estuvieran devorando a sus padres.

—¡Mamá! —chilló Zoe mientras se aproximaban a la escuela.

—¡Papá! —llamó Zack.

—¡Guau! —ladró Chispas.

Ozzie respiró hondo.

—Me encanta el olor a zombis de buena mañana.

Los cinco amigos llegaron a la entrada principal,

proyectando largas sombras sobre los escalones de piedra de la escuela, y escrutaron a través del cristal de la puerta el interior del edificio.

¡PAM!

Un brazo putrefacto atravesó el cristal y una mano le agarró la cara a Rice. Era la señora González, la profesora de español.

—¡Ay! —Rice se apartó de un salto y se le cayeron las gafas al suelo—. ¡No veo nada! —Con los párpados entrecerrados, daba manotazos a ciegas como un zombi.

La señora González miró enfurecida a Rice con el ceño fruncido.

—¡Adiós, Arroz!* —farfulló la maestra. Intentó morder al muchacho y empañó el cristal con su aliento.

Zack recogió las gafas de su amigo, y éste se las puso de nuevo.

—Ostras, colega, se han rajado. —Rice amonestó con el índice a su antigua profesora—. Muy mal, señora G. Muy mal.

—Para entrar ahí necesitaremos armas —dijo Ozzie.

—¿Y si buscamos en la caseta de material que hay en el campo de fútbol? —propuso Zack.

—Lo más seguro es que esté cerrada con candado —repuso Rice.

—De los candados ya me ocupo yo —les aseguró Ozzie con completa naturalidad.

Así que el grupo

* En español en el original. *Rice* significa «arroz».

rodeó el edificio. En la parte trasera de la escuela, en el campo de fútbol americano, los jugadores zombis de lacrosse se tambaleaban de lado a lado. Con las raquetas se lanzaban ojos los unos a los otros, de cuatro en cuatro.

—¡Ecs! —exclamó Zoe.

Rice la hizo callar.

—Zack, explícale a tu hermana la regla número uno de los zombis —le pidió al chico entre susurros.

—Nunca dejes que te muerdan, Zoe —dijo Zack—. Bueno, espera, se me olvidaba que eso ya lo han hecho.

—No, la otra regla... —Rice esperó—. El ruido atrae a los zombis.

—Eso no es una regla; es un hecho —repuso Zoe—. No sabes nada de zombis. Yo, en cambio, tengo experiencia de primera mano.

—¡Silencio! —ordenó

Ozzie cuando llegaron a las puertas rojas de la caseta del material. Sacó una fina herramienta de metal de la mochila y añadió—: No tardo ni un minuto.

—Está bien, Houdini, haz tu magia... —Zack suspiró y recorrió los campos de deportes con la mirada.

Un futbolista decapitado jugaba con su cabeza como si fuera una pelota. El zombi se colocó en posición y chutó. La cabeza salió disparada, chocó contra el larguero de la portería y rebotó. Se detuvo sobre la línea del área y el cuerpo decapitado se desplomó en la hierba húmeda. No había sido gol.

—Oye, tío, ¿no habías dicho que si se les cortaba la cabeza morían? —preguntó Zack.

—Así es, y no tengo explicación para lo que acabamos

de ver —dijo, asombrado Rice—. Es muy raro.

Unos minutos más tarde, Zoe comenzó a dar golpecitos con el pie y a mirar con impaciencia un reloj de pulsera invisible. Rice bostezó; hacía ya muchas horas que tendría que haber estado durmiendo.

Entonces oyeron un rugido gutural y todos se volvieron para ver de dónde procedía. El deportista decapitado jugueteaba con la cabeza entre las zapatillas. De pronto, el monstruo chutó y la cabeza voló por los aires hacia ellos, mordiéndose repetidamente la lengua mientras se aproximaba.

—¡Ecs! ¡Date prisa! —se impacientó Zoe.

—¡Ya está! —Ozzie rompió el candado. La puerta se abrió y el chico entró en tromba.

—¡Entrad! —apremió Zack a Rice y a Zoe, antes de refugiarse en la caseta tras ellos.

Cerró con un portazo y la cabeza voladora chocó contra la puerta y cayó al suelo.

Dentro estaban a salvo, pero el aroma rancio del sudor impregnaba el aire. Zack encendió la luz. El lugar estaba tranquilo, ordenado y muy limpio. Resultaba bastante reconfortante verlo todo en su sitio.

Después de una noche gobernada por el caos, se sintió a gusto en el orden de las cosas comunes y conocidas.

—Escuchad —dijo Zoe, mirando al techo. Los gemidos y aullidos de los zombis entraban por las rejillas de ventilación—. Mamá y papá están ahí arriba —añadió solemne.

—Venga, chicos —los apremió Zack—. Tenemos que ponernos en marcha.

Reunieron algunos suministros y se prepararon para la batalla.

Rice y Zack se equiparon mutuamente con hombreras de fútbol americano y chaleco de catcher. Después, Zack destapó una latita de grasa, y se pintó con el pulgar una raya negra bajo cada ojo. Por último, se acercó a un barril de madera repleto de todo tipo de bates de béisbol y escogió uno de aluminio. Ésa ya era oficialmente su arma de guerra.

Rice se puso un casco de lacrosse y preguntó:

—¿Quién soy? Zack, grrr, te odio, grrr, te voy a comer, grrr. —Señaló a Zoe—. ¡Tú! —añadió entre risas.

La muchacha se hizo con un palo de hockey de otro barril y descargó un buen golpe en el casco de Rice.

—Chicos, esto no es un juego, ¿vale? —les recriminó Ozzie, que se había puesto un par de coderas y protegido las piernas con varias espinilleras.

Zack cogió dos cascos de fútbol americano. Se cubrió con uno y le pasó el otro a Ozzie, que le dijo:

—No me hace falta, pero gracias.

—Tú mismo —repuso Zack, practicando su postura de bateador.

Chispas olisqueaba un par de calcetines sucios olvidados en un rincón.

Ozzie se enfundó un guante de bateador en cada mano y empuñó un palo de hockey sobre hierba. Zoe se equipó con un par de guantes de portero de fútbol y dio palmas. Saltó hacia atrás, adoptó una postura ridícula y golpeó a Zack en el casco tan fuerte como pudo.

—¡Ay!

—Levanta los puños, pringado.

—Corta el rollo, Zoe.

—Respuesta incorrecta, hermanito. —Y lo golpeó de nuevo—. ¡Toma ya!

En el extremo opuesto de la habitación, Rice encontró un megáfono rojo y blanco en una caja. Se lo ató a la mochila. Zack le lanzó a su amigo una mirada de desconfianza.

—¿Qué pasa? —preguntó Rice—. Puede resultarnos útil.

—Estás obsesionado con esos chismes...

—Es que son divertidos —repuso Rice con inocencia—. Útiles, quiero decir.

—¿Listos? —preguntó Ozzie.

—Un segundo. —Rice acabó de colocarse las rodilleras y él también se hizo con un palo de hockey sobre hierba.

De repente, Zoe chilló.

Era la primera vez que se veía en un espejo desde su deszombificación.

—¡Qué asco! —dijo, examinando su reflejo—. ¿Cómo podéis siquiera mirarme? ¡Soy un monstruo! —Las lágrimas empezaron a rodar por su rostro horrorizado.

Zack, Rice y Ozzie se miraron y se encogieron de hombros.

Zoe se sorbió la nariz y desvió la mirada.

—Que alguien me diga que soy guapa antes de que me desmaye del susto —pidió.

Nadie dijo ni pío.

—Venga, rápido, que me desmayo —insistió.

—Vale... —accedió Zack—, eres... ¿guapa?

—Sí, Zoe —continuó Rice—, eres la chica más guapa del mundo.

—¡Sois unos mentirosos! —chilló Zoe—. Os odio. —Se toqueteó la cara e inspiró hondo—. Mientras Ozzie se entere de que normalmente soy mucho más guapa... —Encontró un casco de hockey con la visera tintada y se lo puso para ocultarle su asqueroso rostro al mundo.

Y de esta guisa salieron de la caseta del material con la misión de rescatar al señor y la señora Clarke.

Bueno, para eso o para aplastarles la cabeza.

CAPÍTULO

Avanzaban sigilosamente por el oscuro primer piso del colegio. Una máquina de refrescos proyectaba una débil luz roja al final del pasillo.

Zack, Zoe, Rice y Ozzie caminaban con sigilo gatuno por el linóleo de cuadros negros y blancos. Chispas iba con ellos, pero con sigilo de cachorro.

De pronto, el perro se paró en seco, olisqueó el aire y salió como alma que lleva el diablo.

—¡Chispas! —gritó Zack, corriendo tras él.

Lo alcanzaron a la altura de la máquina expendedora, junto a la puerta entreabierta de la oficina del

Ozzie la abrió de par en par de una patada

gras crujieron.

ega... —protestó Zack en voz baja.

culpa —admitió Ozzie.

os, mirad esto —dijo Rice desde la entrada.

erior de la oficina, sobre el escritorio, ha-

erosas hamburguesas BurgerDog a me-

debe de haber empezado aquí dentro

dres... —se compadeció Zoe—.

etido la gente?

vía son personas... —añadió

adres, ¿dónde estarías?

pondió Zack

hablando por los codos en la clase de español
ñora G—. Puede que tus padres también esté

—Hombre, tiene sentido —asintió Ric
expresión seria en el rostro.

Llegaron a otro pasillo y doblaron la e
precaución, camino de la cafetería. Las
color verde estaban cubiertas de grum
monstruosos, y las paredes, forradas de
clase y pancartas del colegio, embadur
especie de pus amarillento.

Había un cartel de la campaña
consejo estudiantil con letras infl
dólar que rezaba: ¡VOTA A GREG
PIERNAS! También chorreab
bujo de Greg Bansal-Jo
dos pulgares.

En ese inst
en el oscu

—

conserj

y las bisa

—Col

—Mea

—Chic

En el int

bía dos asqu

dio comer.

—El brote

—especuló Rice

—Pobres pa

¿Dónde se habrá m

—Si es que tod

Ozzie cínicamente.

—Zack, si tú fueras tus p

—inquirió Rice.

—En el despacho del director —

sin dudarlo.

—¿Cómo lo sabes?

—Pues porque es a donde más van —

recordando todas las veces que sus padre

do que ir allí para hablar de sus... activida

venta de cómics de terror a niños de quint

le pillaron con Rice inclinando la máquina

Cola para conseguir refrescos gratis, o cuan

de la se-

n ahí.

é con una

squina con
taquillas de
os de carne
proyectos de
nadas de una

electoral para el
adas y símbolos de

, O TE ROMPERÁ LAS

babas. Contenía un di-

nes sonriendo y alzando los

, un débil aullido de zombi resonó

llo beige.

s oído? —preguntó Zoe.

de la cafetería oscilaron, y Zack per-

fundible peste a leche agria y macarro-

so que se colaba hacia el pasillo. Olía

erior de un microondas.

a? —susurró Rice, empujando las puertas

—. ¿Zombis?

El comedor estaba hecho un asco, con las mesas desordenadas o volcadas y las sillas de plástico en montones extraños, como esculturas, por toda la cafetería. Las estanterías con las sobras del día anterior también estaban por los suelos, donde se habían formado unos repugnantes charcos de estofado y budín.

Zack no daba crédito. Después de haberse pasado horas castigado limpiando el comedor, lo había dejado impoluto. ¡Tanto trabajo para nada!

Chispas gruñó y todos alzaron la vista. En el otro extremo de la sala había un grupo de cocineras.

—¡Las conozco! —gritó Zoe, entusiasmada—. Ésa es Carol, y Doris... y Darla... y Bertha.

La carne marchita del rostro les colgaba y de la redecilla que llevaban en el pelo sobresalían mechones grasientos. A Bertha se le habían salido los ojos

de las órbitas y le pendían de dos gruesos tendones ensangrentados. La hambrienta cocinera zombi recuperó los dos globos oculares con las puntas de los dedos y se los metió de nuevo en las cuencas.

—¡Brrrr! —bramó Bertha, y las otras cocineras respondieron con un siseo.

—¿A qué estamos esperando? —Ozzie enarboló el palo de hockey sobre hierba—. ¡Vamos por ellas!

—Pero, tío... —Rice agarró a Ozzie del hombro—. Nunca muerdas la mano que te da de comer.

Bertha y las otras cocineras se les aproximaban dando tumbos entre el repugnante caos del comedor.

Justo en aquel momento, Fred, el conserje, salió del lavabo de chicas. Se abalanzó sobre Zack y el bate cayó al suelo; el ruido metálico del aluminio resonó en las paredes de la sala.

Zombi Fred le lanzó una mirada lasciva a Zack a través de la visera de protección del casco de fútbol americano. Se lo comía con los ojos, sonriendo como un asesino psicópata. El conserje enloquecido agachó la cabeza con la boca abierta, enseñando los dientes amarillentos manchados de sangre. Parecía que acabara de darse un atracón de chocolate.

—¡Socorro! —gritó Zack.

La lengua del zombi estaba cubierta de úlceras y ampollas llenas de bacterias negras. Zack apartó el baboso rostro de la bestia con la mano y el dedo meñique le resbaló hasta la húmeda y asquerosa ventana de la nariz del señor Fred.

—¡Socorro! —exclamó Zack de nuevo, a punto de vomitar. Una gota de mocos que colgaba de la cara del monstruo le estaba rozando la punta de la nariz.

Al fin, una mano cayó del cielo y agarró a la babosa bestia por el pelo. El conserje se tambaleó hacia atrás, dando manotazos. Ozzie tiró con fuerza y le arrancó un mechón de pelo grasiento adherido a un

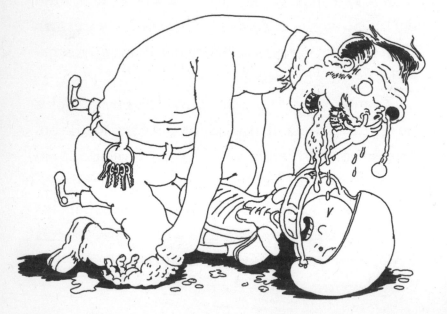

trozo de cuero cabelludo. Rice también arremetió contra Fred con el palo de hockey sobre hierba. Un golpe sordo y la gran bestia cayó al suelo, lacia y sin vida.

Ozzie y Rice chocaron pecho contra pecho y rugieron como leones.

Zack se levantó y se sacudió la ropa.

—Gracias, chicos —dijo, limpiándose en el pantalón los mocos del conserje.

—No hay de qué —repuso Ozzie—. Te debía una.

Zoe estaba interponiendo una mesa larga entre ellos y las cocineras, que seguían acercándose a trompicones. La agarró por un extremo y la volcó para que sirviera de barricada.

—¡Buena idea, Zoe! —Ozzie arrojó la mata de pelo de zombi al suelo y corrió a ayudarla.

Las neuróticas cocineras se estaban acercando. Ozzie volcó otra mesa para bloquearles el paso, y Zack y Rice colocaron un montón de sillas detrás de las mesas con el fin de reforzar la barrera.

Zombi Darla sujetaba una batidora, de la cual goteaba algo que parecía masa de pastel. Sacudió el brazo y salpicó la cara de Zoe con grumos de pasta amarillenta.

—¡Qué asco! —chilló la chica, y rápidamente contraatacó con una porción de tarta rosa, que salió disparada y se aplastó contra el delantal de zombi Carol.

—¡Guerra de comida! —exclamó Rice. Recogió un puñado de budín del suelo y se lo lanzó a Zoe.

—¿Qué haces, idiota? —protestó ésta, limpiándose el pegote que se le había pegado el cuello—.
¡Estamos en el mismo equipo!

A Zack se le escapó una risita.

Entonces, zombi Doris arrojó una cacerola llena
de estofado por encima de la barricada. La salsa y la
carne volaron por los aires y aterrizaron en el pecho de Ozzie y de Zack.

«Vale —pensó Zack—. Ahora se van
a enterar.» Se hizo con una bandeja
de albóndigas y empezó a dispa-
rarlas hacia las muertas vivien-

tes. Doris recogió una con la boca y se la tragó entera. Se atragantó, tropezó con las mesas y se puso a escupir. El rostro de Rice quedó salpicado de trozos de carne medio masticada.

Carol y Darla se dejaron caer por encima de la segunda mesa y comenzaron a apartar con furia el amasijo de sillas. Zack recogió del suelo el bate de béisbol, que seguía junto al noqueado conserje.

—¿Por dónde se va al despacho del director? —preguntó Ozzie en pleno jaleo.

Zack se detuvo e intentó recordar el plano del colegio. Rice y Zoe seguían lanzándose puñados de sobras el uno al otro y las cocineras zombis se tambaleaban hacia ellos.

—¡Chicos! —gritó Zack—. ¡Se acabó el juego!

Zoe y Rice dejaron de lanzarse comida y se miraron de hito en hito.

—Tregua —dijo Rice, y dejó caer los espaguetis que tenía en la mano.

Zoe fingió que paraba, pero disimuladamente cogió una galleta de avena y se la lanzó a Rice como si fuera un disco volador. Logró darle en la nariz a través del casco y dijo:

—Era broma...

—¡Grrrrrrrrr! —Las cocineras se acercaban.

—¡Vámonos ya! —insistió Ozzie, y los otros al fin obedecieron.

Corrieron en dirección opuesta, de nuevo por el pasillo de las taquillas. El sol de la mañana entraba por la ventana que había frente a la puerta del vestuario de los chicos, iluminando el final del pasillo como un faro.

—Por aquí —indicó Zack—. Conozco un atajo.

CAPÍTULO

Entraron apresuradamente en el vestuario y pasaron entre hileras de taquillas y largos bancos de madera en los que había toallas blancas manchadas de babas de color verde pálido.

Zoe echó un vistazo a su izquierda para cotillear en el lavabo de los chicos.

—Ostras, menudos lavabos tan raros que tenéis...

—¡Baaaaaaaaaagrrrrrrrrbaaaaaa! —gruñó un zombi, y todos miraron a la derecha.

Un ágil chico de octavo convertido en zombi salió de un salto de la zona de duchas. Iba vestido con el traje de lucha libre, con la máscara ligeramente torcida en la coronilla y una coliflor bulbosa de carne que le sobresalía de una de las orejeras. El mono de licra, hecho jirones, dejaba al descubierto cuatro arañazos paralelos. El luchador brincaba en posición atlética y, al mismo tiempo, intentaba chuparse la oreja.

—¿Tom? —preguntó Zoe cuando reconoció a su compañero de clase.

Zombi Tom arremetió contra Ozzie, agarrándolo por los hombros tal como hacen los luchadores. Intentó luego agarrarlo de la ingle, pero Ozzie levantó una pierna y describió con ella un arco, girando en redondo. Con esta llave logró inmovilizar al monstruito de octavo.

—¡Abre la taquilla! —le pidió Ozzie a Rice, que abrió de un tirón la puerta de metal.

Ozzie embutió al zombi dentro; Zack lo ayudó agarrando a la bestia por los pies.

—¡Buen trabajo, chicos! —Zack les dio una palmadita en la espalda a los dos.

—¡Daos prisa, idiotas! —urgió Zoe, empujando la barra metálica de la puerta de salida.

Abrió y se colaron por la entrada lateral en el oscuro gimnasio. Con Zack a la cabeza, cruzaron la pista de baloncesto. El parqué estaba pegajoso, como el suelo de un cine, y en los bordes de la pista había mesas de refrescos volcadas, postres aplastados y poncheras vacías. Rice se acercó al caos y se agachó. Recogió un trozo de pastel de limón del suelo y se tomó un segundo para examinarlo.

—¡Ecs! —exclamó Zoe con repulsión—. ¡Se está comiendo lo que hay en el suelo!

Rice se metió en la boca el delicioso dulce, tragó y suspiró:

—Sólo preparan buenos postres cuando vienen los padres.

—Rice, ¿qué diablos haces? —le reprendió Zack—. Puede haber baba de zombi en ese pastel.

—Me importa un bledo, Zack —repuso—. Estos pastelitos están de muerte.

—¡Callad! —intervino Ozzie—. Escuchad.

Una pelota roja salió botando de la oscuridad y rodó hasta detenerse a los pies de Zoe.

—¿Qué...?

Una figura salió de debajo de las gradas y agarró a Rice por la mochila. Era el profesor de educación física, el señor Ziggler, con un chándal Adidas verde.

Rice se cayó de espaldas y empezó a arrastrarse como un cangrejo por el suelo mientras el entrenador zombi se tambaleaba hacia él.

—¡Le prometo que correré cien vueltas, señor Z! —le rogó Rice—. ¡Y haré flexiones! ¡Pero déjeme en paz!

Sin pensárselo dos veces, Zoe recuperó la pelota del suelo y le dio un pelotazo en la cabeza a zombi Ziggler. Pero el señor Z no se inmutó; rugió y arremetió contra su regordete alumno.

—¡Ay! —gritó Rice.

Zack dio un paso al frente con el bate

y aporreó al ardiente defensor del juego del pañuelo. El profesor se desplomó en el parqué.

Rice respiró hondo y Zack le ayudó a levantarse del suelo.

—Chicos... —avisó Zoe señalando detrás de ellos.

Un ejército de padres y madres, maestros y personal del colegio apareció en las gradas y comenzó a tambalearse hacia la pista. El profesor de arte, el señor Dickens, se aproximaba junto a la señora Thomas, la profesora de historia de octavo. La camisa rosa del señor Dickens estaba manchada con huellas dactilares negras y rojas, de un modo parecido a una obra de arte de guardería. La señora T gemía y resollaba con los brazos estirados al frente; tenía el rostro sucio de pegotes violeta.

Ozzie se acercó a grandes zancadas, palo de hockey en ristre, hacia el dúo que se arrastraba con pies de pingüino.

—La señora T pronto será historia —bromeó Rice.

Ozzie hizo un barrido con una sola mano a poca distancia del suelo y le golpeó los pies al profesor. Hizo una pirueta con el palo de madera como si de una batuta se tratase y golpeó a la señora Thomas en la cabeza, la cual cayó al suelo con estrépito.

Se acabó la clase.

—¡Corred! —apremió Ozzie cuando los padres y profesores zombis irrumpieron en la pista.

Zack abrió las puertas del gimnasio y subieron la escalera que daba al vestíbulo. El pasillo atestado de zombis resonaba con los gemidos enfermizos de las bestias.

—¡Grrrrrrrrr! —Otro pelotón horrible de profesores zombis se arrastraba hacia el centro del vestíbulo, escupiendo una mucosidad asquerosa.

Zack salió disparado de nuevo hacia el gimnasio. Los zombis se tambaleaban por la zona defensiva de la pista.

Zack agarró las barras de metal de los dos carritos de pelotas, los empujó hasta el rellano y deslizó el mango de su raqueta de lacrosse por los picaportes de las puertas del gimnasio.

—¿Para qué son? —quiso saber Rice, mientras practicaba el tiro con su palo de hockey.

—Jugaremos a mate —contestó Zack, toqueteando una pelota.

—Jo, tío, ya sabes que odio ese juego...

—No te preocupes, Johnston. —Zoe también cogió un balón—. Al menos no te escogeremos el último... ya estás en el equipo. —Zoe hizo girar la pelota de baloncesto sobre un dedo.

—Sólo tiros a la cabeza, ¿vale? —sugirió Ozzie. Escogió una pelota AND 1 del carrito, se la arrojó al señor Milovich y le dio en plena frente. El tutor zombi se desplomó.

—¡Buen tiro, Oz! —vitoreó Rice, y cogió un balón.

Los cuatro amigos empezaron a lanzar pelota tras pelota con sorprendente puntería, golpeando a los zombis en sus putrefactas cabezas.

De pronto, la profesora de teatro se abalanzó hacia los escalones e intentó agarrar a Zack de los pies. La señora Merriweather, que llevaba una camisa con volantes y unos vaqueros subidos por encima de la cintura, estaba embadurnada de babas y porquería. Zack se

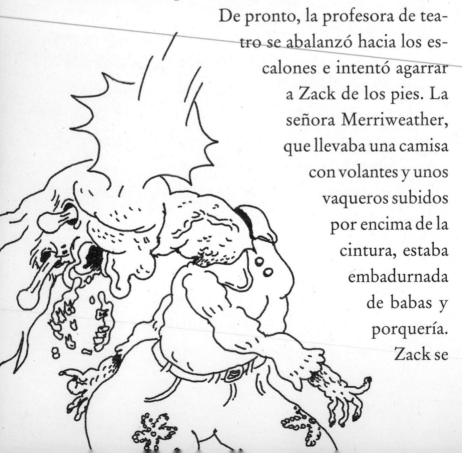

hizo con otra pelota, la disparó contra el rostro pálido de la maestra y le dio en toda la sien. ¡PATAPÁM! La profesora zombi se desplomó.

—¿Ya hemos ganado? —quiso saber Rice, que jadeaba para recuperar el aliento. Pateó una pelota como si fuera un portero, demasiado cansado para seguir lanzando. La bola rebotó en el techo y cayó sobre la cabeza de la señora Ledger, la profesora de quinto curso. Rice señaló a la zombi y gritó—: ¡Eliminada!

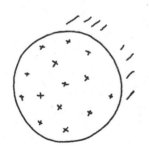

En aquel instante, otra banda de zombis llegó por un pasillo lateral; aquello parecía un videojuego. Babeaban sin cesar y de sus heridas chorreaba pus coagulado.

—¡No estamos ganando, tío! —chilló Zack.

Rice lanzó otro certero tiro que golpeó al subdirector Liebner en la cabeza.

—¿En serio? Porque a mí me da la sensación de que los estoy machacando...

De pronto, una mano de zombi tiró del hombro de Rice. Éste se volvió y vio a la señora Amorosi, la bibliotecaria, gruñendo y babeando sobre la plataforma. Zack le golpeó el brazo y la bestia retrocedió, pero arremetió de nuevo contra él de inmediato. Entonces, una pelota pasó zumbando junto a la oreja de Zack y dio de lleno en la cara de la rata de biblioteca. ¡PAM! La zombi se tambaleó y cayó de espaldas por la escalera.

—¡Hay demasiados! —gritó Ozzie por encima del jaleo.

Cada vez había más y más zombis en el vestíbulo de la escuela; Zack comenzó a sentir pánico.

—Se acabó el mate —sentenció Zoe, señalando los carritos vacíos.

Las puertas del gimnasio vibraron detrás de ellos. Montones de manos y brazos atravesaban las ventanas de cristal esmerilado y tanteaban a ciegas por encima de sus cabezas.

—¡Tenemos que largarnos de aquí! —gritó Rice, agachándose bajo el toldo de extremidades zombis.

Zack saltó de los escalones y resbaló en un charco de algo asqueroso. Zoe, Ozzie y Rice se apresuraron escaleras abajo, esquivando un molino de brazos y piernas putrefactos.

De pronto, la señora González se abrió paso entre dos colegas zombis y atacó de nuevo a Rice. Se tiró hacia delante y atravesó la vitrina de cristal de los trofeos para agarrarlo.

—¡Arrozzzzzzzzzzzzz! —bramó la profesora.

—¡Déjeme en paz! ¡Por favor! —le suplicó Rice.

Los dientes de la señora González crujieron al chocar contra el casco de Rice. Suerte que lo llevaba puesto, porque la enloquecida profesora le hubiera arrancado la cara de un mordisco. Zack se hizo con un trofeo de fútbol y aporreó a la maestra en la cabeza.

—¿Estás bien, tío? —Ayudó a su amigo a levantarse del suelo.

—Creo que sí —respondió Rice, sacudiéndose la ropa y mirando con desdén a la señora G.

—Hoy la ha tomado contigo, ¿eh?

—¡Grrrrrr! —Zombi Milovich se levantó del suelo y arremetió contra los chicos.

Zack dio un salto atrás y bateó con fuerza.

—No has visto a mis padres, ¿verdad? —preguntó Rice.

—No, tío. Todavía no.

—¡Venga, chicos! —gritó Zoe, haciéndoles señas con la mano desde una salida cercana.

Corrieron por el colegio, convertido en una casa de locos, hasta que llegaron a un pasillo vacío.

O al menos, eso parecía.

CAPÍTULO

Un grupo escandaloso de muertos vivientes rugía al final del pasillo. Los adultos zombis golpeaban las paredes, arrancaban los anuncios y los trabajos escolares y aporreaban las taquillas con sus extremidades dislocadas. ¡Pam! ¡Pum! ¡Pam!

Zack, Rice y Zoe tiraron de todas las puertas en busca de una vía de escape, pero las aulas estaban cerradas con llave. Todas excepto una: el laboratorio de ciencias del señor Budington. Zack les indicó que entrasen, cerró la puerta sin hacer ruido y echó el pestillo. No se atrevían ni a respirar.

—Por los pelos —refunfuñó Zoe.

—No cantemos victoria. —Ozzie pegó el oído a la puerta—. Vienen hacia aquí.

—Vale... pues, necesitamos un plan. —Zack se rascó la cabeza—. Rice, ¿cuál es el plan?

—No lo sé. Ozzie, ¿qué hacemos ahora? —preguntó Rice.

—A ver... —comenzó Ozzie, pensando en voz alta—. Mi sensei me enseñó todo tipo de estrategias de combate...

«Bienvenidos de nuevo a Vida y obra de Oswald Briggs», pensó Zack.

—¿Habéis oído hablar de la maniobra «atraer y destruir»? —preguntó Ozzie.

—No, pero suena alucinante —repuso Rice.

—Bueno, pues básicamente significa que tenemos que utilizar alguna trampa o cebo para distraer al enemigo y, entonces, escapar.

—Pues debería llamarse «atraer y escapar», ¿no? —comentó Zack.

Ozzie no contestó, se limitó a mirarlo fijamente.

—¿Y con qué se supone que vamos a distraer a los zombis? —inquirió Zoe.

Rice se dirigió al otro extremo del laboratorio de ciencias. Un bote de cristal brillaba sobre la repisa de la ventana: era la muestra de cerebro humano del señor Budington. Rice cogió el bote y lo llevó a la mesa del profesor. El cerebro era una masa irregular de tejido, estaba arrugado como una pasa y flotaba en el asqueroso formol amarillento.

—Rice, ¿qué narices haces con eso? —quiso saber Zoe.

—¿Es que no sabes lo que es? —le preguntó Rice, solemne.

—Bueno, la sabandija de Meredith Jenkins me dijo que era el auténtico cerebro del señor B. —Zoe se encogió de hombros—. Ecs.

—Pero si ese cerebro ni siquiera es de verdad —se burló Zack.

—¡Claro que es de verdad! —Rice desenroscó la tapa y metió la mano en el frasco—. Siempre he que-

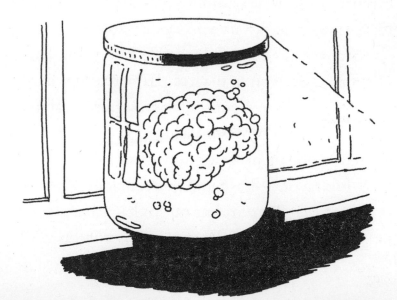

rido tocarlo. —Sacó el cerebro y lo dejó encima de la mesa—. El cerebro más inteligente de todos los tiempos. —Rice lo pinchó con un lápiz del número 2—. Albert Einstein.

—¡Déjalo ya! —Zoe se tapó la nariz. Un denso olor de formaldehído se había extendido por el aula.

»Rice, en serio —se quejó Zack—. Aparta eso.

—Zack, en serio, no —replicó éste.

—¿Y por qué no?

—Porque éste será nuestro cebo. —Rice sonrió, con el pedazo de cerebro sobre la palma de la mano.

¡BAM! ¡BAM! La pared del aula vibró y todos se volvieron.

Zack corrió hasta la puerta y se asomó por la pequeña ventana. Era el señor Budington, y quería su cerebro. El profesor zombi golpeaba la puerta con furia. Cada golpe atraía a más y más zombis.

Rice se hizo con un trozo de tiza y garabateó «Profisor Rice» en la pizarra. La ortografía nunca había sido lo suyo. A continuación se puso a caminar de un lado para otro con las manos enlazadas a la espalda, como un profesor universitario.

—Por favor. —Les pidió que tomaran asiento en primera fila—. Permitidme que os haga una pregunta: ¿qué es lo que más les gusta a los zombis? —El

profesor Rice hizo una pausa, acariciándose una bar-
ba imaginaria.

—¿Gruñir? —aventuró Zack desde la primera
fila.

—¿Gemir? —sugirió Ozzie desde el pupitre con-
tiguo.

—Pues a mí me gustaba lo de arrancarle la cara a
la gente —confesó Zoe—. Cuando era zombi, quiero
decir.

—¡Cerebros, chicos, cerebros! —explicó Rice,
decepcionado—. Y ahora os haré otra pregunta: ¿por
qué creéis que los zombis siempre aparecen de la
nada, incluso cuando estamos callados?

—Porque los hay por todas partes —respondió
Zoe.

—Eso es cierto, señorita Clarke, pero no... Lo más seguro es que los zombis cuenten con unos receptores extrasensoriales que los guían hasta nuestro cerebro.

—¿Quieres decir que el virus utiliza los cerebros muertos para buscar otros cerebros? —preguntó Zack.

—Exactamente lo que estaba pensando, señor Clarke —asintió Rice—. Te acabas de ganar la matrícula de honor.

—¿Y en qué consiste tu brillante plan, listillo? —quiso saber Zoe—. Hay como unos cincuenta mil monstruitos asquerosos ahí afuera, y no tienes más que un ridículo cerebro.

—¡Cerebrooooooooos! —bramó el señor Budington, que seguía golpeando con furia la puerta.

—Y por eso mismo necesitamos algo para trocearlo —explicó Rice, haciendo caso omiso del furioso maestro.

Zack sacó la navaja multiusos y se la ofreció a su amigo. Rice la observó y miró de nuevo el cerebro.

—No creo que sirva.

—Esto sí —intervino Ozzie, sacando un gran cuchillo de supervivencia de una funda de plástico negra que llevaba sujeta al cinturón.

Rice tomó el cuchillo, sonrió con picardía y rozó el cerebro con la afilada hoja. Seguidamente se puso a cortarlo en rodajas como si fuera una barra de pan. El acero se hundía en el espécimen gomoso y el líquido rezumaba; todos se estremecieron.

—No puedo mirar. —Zoe se agarró el estómago y apartó la mirada.

El señor Budington aullaba y gruñía aporreando la puerta sin descanso.

Chispas lamió una rodaja de cerebro, y Zoe y Zack retrocedieron asqueados.

—Creo que este chucho todavía tiene algo de zombi —bromeó Ozzie mientras Rice terminaba de trocear el cerebro.

—Y ahora, el siguiente paso —anunció Rice—. Ozzie, échame una mano.

Rice y Ozzie empujaron la mesa del profesor contra la pared, y Ozzie le ayudó a subirse para alcanzar la ventana de ventilación que había encima de la puerta.

—¡Hora de comer! —gritó Rice por la ventana. En cuanto empezó a menear las rodajas de cerebro por encima del señor Budington, los porrazos en la puerta cesaron. A continuación, Rice lanzó las rodajas pasillo abajo como si jugara con un disco volador—. ¡Id por ellas! —Los trozos de cerebro caían al suelo de linóleo y se deslizaban por él. La comida estaba servida.

Zoe abrió la puerta y observó que los caníbales se arracimaban hacia las rodajas, en el otro extremo del pasillo. Zack oía los asquerosos ruidos que hacían al masticar.

Mmm. Ñam, Ñam. Ñanmmm.

Las bestias estaban ocupadas devorando su banquete, así que Zack, Zoe, Rice y Ozzie aprovecharon para correr a toda prisa hacia el despacho del director.

CAPÍTULO

Cuando llegaron al despacho, Zack llamó suavemente a la puerta, y los chicos esperaron en silencio.

—Mamá... —susurró, llamando a su madre.

—¿Zack? —respondió una voz apagada a través de la madera. La puerta se abrió unos centímetros y la señora Clarke echó un vistazo por la rendija y suspiró—: ¡Oh, gracias a Dios! —Abrió del todo y los hizo entrar al despacho del director.

Zack abrazó a su madre por la cintura, y ésta apretó la cabeza de su hijo contra el pecho.

—Hola, señora Clarke —saludó Rice con timidez.

—Hola, Johnston —contestó ella. De tal palo, tal astilla.

—¿Han visto a mis padres?

—Lo siento, cielo. Todo ha pasado tan rápido, que no sabemos si alguien ha logrado escapar.

Rice se mordisqueó la uña; parecía preocupado.

—¿Dónde está papá? —preguntó Zack.

—Estoy aquí —gimió el señor Clarke, asomándose por encima de la mesa. El padre de Zack se incorporó poco a poco. Cojeaba y tenía un corte profundo en la rodilla. Zack lo abrazó.

—Hola, Rice —saludó el señor Clarke—. ¿Y quién es este chico?

Ozzie, que estaba limpiando los restos de cerebro de su cuchillo de supervivencia, alzó la vista.

—Oswald Briggs, señor —dijo—. Encantado de conocerle.

La señora Clarke lo miró, escéptica.

—¿Dónde lo habéis conocido, Zack?

—En Tucson —respondió su hijo—. Ya os lo contaré después, pero ahora tenemos que salir de aquí lo antes posible.

Zoe se acomodó en la silla giratoria del señor Lynch y puso los pies encima de la mesa, con las manos detrás del casco.

—Oye, papá —dijo—, esa herida no tiene buena pinta.

—¿Zoe? —preguntó la señora Clarke, sorprendida—. ¿Eres tú?

—Hola, mamá.

—Con ese casco no te había reconocido —le explicó—. Quítatelo.

—Lo siento —repuso Zoe—. Es por vuestra propia seguridad.

—No digas tonterías, hija. Quítatelo.

—Bueno, que conste que me lo has pedido tú, ¿eh? —Zoe se sacó el casco.

La señora Clarke se estremeció al ver el rostro de su hija lleno de llagas, y Zoe se echó a llorar.

—No llores, cielito, no pasa nada... —la consoló su madre. Abrazó a Zoe y le acarició el cabello grasiento—. Tu padre y yo conocemos a un cirujano plástico excelente.

—Cariño, ya tendremos tiempo para preocuparnos del aspecto de nuestra hija más adelante. —El señor Clarke le dio la vuelta a la pantalla del ordenador del director para que todos la vieran. El navegador de internet estaba abierto en la página de YouTube con el vídeo de EL MAQUILLAJE DEL REHÉN en pausa. Le estaban embadurnando la cara a Zack con

tres pintalabios diferentes al mismo tiempo—. Será mejor que nos expliques esto, jovencita.

—Tu padre tiene razón —añadió la señora Clarke, agarrando a Zoe de los hombros—. Que a la oficina del director nos llamen durante una reunión de padres y maestros, muy agradable no es.

—¿Por qué habla tu madre como el maestro Yoda? —Rice le dio un codazo a Zack.

—Me lo imagino... —repuso Zoe, mordisqueándose las uñas con una máscara de pasotismo en el rostro.

Los padres de Zack miraban a su hija mayor con el ceño fruncido. Rice clavó los ojos en algo interesante que vio en el techo y, nervioso, se puso a silbar.

Ozzie echó un vistazo por la ventana y repasó el patio de recreo en busca de amenazas zombis. Zack esperó a que se hiciera justicia.

—Creo que tenemos que convocar una reunión familiar —sugirió la señora Clarke.

—¿Ahora? —Zack y Zoe protestaron al unísono.

—A ver... —intervino Ozzie—. Señor y señora Clarke, parecen ustedes unos buenos padres y todo eso, pero estoy seguro de que ya saben que este lugar está infestado de zombis que quieren devorarnos. Así que será mejor que nos larguemos ahora mismo, y aprovechemos nuestra última oportunidad.

—Bueno... —Rice señaló su única salida—. Ahí va nuestra oportunidad.

Todos se volvieron hacia la puerta del despacho.

Al señor Clarke se le escapó una palabrota, que el chillido de la señora Clarke ahogó.

El director Lynch estaba de pie en el umbral de la puerta, proyectando una enorme sombra de zombi sobre el suelo. El gran hombre sonreía como un depredador hambriento que acabara de descubrir su próxima presa. Zombi Lynch bramó y aulló.

—¡Ay! —Zoe se inclinó demasiado hacia atrás en la silla giratoria y cayó de espaldas al suelo.

El rostro del director estaba húmedo y aceitoso como un trozo de jamón cocido, con un árbol de venas azules palpitando en su frente.

Ozzie agarró con fuerza su palo de hockey sobre hierba, corrió hacia el director de las bestias y arremetió contra él con una patada lateral.

El zombi aplastó a Ozzie contra el suelo con un solo movimiento de su enorme brazo. El muchacho se golpeó la cabeza con el borde del archivador y perdió el conocimiento.

«Le dije que se pusiera un casco», pensó Zack.

Zombi Lynch se tambaleó con torpeza hacia delante, con un moco colgando de su bigote de morsa.

—¿Preparado, Rice? —Zack miró a su amigo y, juntos, entraron al ataque.

El director envió a los chicos volando hasta el rincón de la secretaria de otro manotazo.

El padre de Zack cojeó hasta el monstruo, tambaleándose como un boxeador herido. Por lo visto, zombi Lynch quería arremeter contra alguien de su tamaño, o quien más se acercase. Se abalanzó sobre el señor Clarke y lo envolvió con sus enormes y voluminosos brazos. Los dos adultos cayeron al suelo.

El señor Clarke cayó de espaldas con la gigantesca bestia encima. Y, justo cuando el director estaba a punto de hincar los dientes en el hombro del padre de Zack, se oyó un pitido ensordecedor. Rice estaba pulsando un botón del megáfono, y el zombi volvió la cabeza en dirección al pitido.

En aquel instante, Ozzie se levantó de un salto con el palo de hockey bien sujeto. Dio dos pasos rápidos, bateó como un jugador profesional y logró aporrear la blandengue sien del director. El palo se partió en dos y la columna del zombi quedó erguida con la cabeza colgando de lado. Un reguero repugnante de fluido craneal salió de la oreja del director mientras éste se desplomaba.

El reguero infeccioso fue a parar a la rodilla herida del señor Clarke.

—¡Ah, cómo escuece! —protestó el padre de Zack, apretándose el muslo.

—¡Papá! —exclamó su hijo.

—Ecs... —Zoe miró horrorizada el asqueroso fluido craneal que se filtraba en la pierna de su padre—. ¡Qué asco! —Se estremeció.

—¡Haced algo! —exclamó la señora Clarke, corriendo hacia su marido. Se arrodilló junto a él y secó el corte infectado con su chal.

—Para, mamá —le ordenó Zack—. Lo estás extendiendo.

—¿Y eso es malo?

—No lo sé... ¿Es malo? —le preguntó Zack a Rice—. No le han mordido, y tú dijiste que la única manera de convertirte en zombi es que uno de ellos consiga morderte, ¿verdad?

—¡Me duele! —se quejó el señor Clarke.

—Sí, pero... —Rice se aclaró la garganta—. Eso era antes de descubrir lo del BurgerDog.

—¿Qué quieres decir? —insistió Zack—. ¿Que mi padre va a convertirse en zombi?

—No te preocupes, tío —lo consoló Ozzie, apoyando una mano sobre el hombro de Zack.

Éste no respondió. Recordó al coronel zombi y pensó en lo mucho que deseaba que su padre siguiese siendo su padre.

Rice observó la pierna del señor Clarke y le invadieron las dudas. Las venas azules que se dibujaban alrededor de la herida infectada empezaron a hincharse, extendiendo el virus muslo arriba y espinilla abajo.

Ozzie se abrió paso entre Zack y Rice y preguntó:

—¿Cómo se encuentra, señor Clarke?

—¿Y tú qué crees?

—Escuche, señor. Sé que no le va a parecer una solución ideal, pero si actuamos ahora —explicó Ozzie, sacando su cuchillo de supervivencia—, podemos amputar la pierna a la altura del muslo antes de que el virus siga extendiéndose hacia arriba.

La reluciente hoja del cuchillo destelló en la mano de Ozzie.

—¿Zack? —dijo el señor Clarke con los ojos desorbitados—. Mantén a este pequeño psicópata alejado de mí y te prometo que te compraré todo lo que quieras.

Ozzie se agachó y examinó la infección rozándola suavemente con la hoja del cuchillo.

—Tenemos que deshacernos de esta pierna lo antes posible.

—Zack... —El señor Clarke miró a su único hijo con desesperación—. Lo que quieras, te lo prometo.

—¿Puedo quedarme con la habitación de Zoe?

—Toda tuya —asintió.

—¡Oye! —protestó Zoe.

—Ozzie. —Zack colocó la mano sobre el hombro del muchacho—. Voy a buscar algunas cosas a la enfermería. ¿Puedes esperar a que yo vuelva antes de amputarle la pierna a mi padre?

—Es tu padre, tío. —Ozzie se encogió de hombros—. Tú mandas.

—Volveré —dijo Zack, y salió a toda prisa del despacho.

—Se supone que no deberías decir eso, ¿sabes? Da mala suerte —le gritó Rice.

CAPÍTULO

Zack corrió por el pasillo y se coló en la enfermería. Abrió el botiquín y sacó gasas, vendas y una botella de agua oxigenada. Lo cerró y se echó un vistazo en el espejo de la puerta. Vio su propio reflejo, pero también el de alguien que había detrás de él. O mejor dicho, de algo.

Era la señorita Nancy, la enfermera del colegio. Se arrancaba cositas del cabello y luego se mordisqueaba las yemas de los dedos. Movió la cabeza y le mostró el otro lado de su rostro: tenía un ojo con el párpado endurecido, le faltaba una mejilla y se le veían las encías y la musculatura de la mandíbula.

Zack se dio media vuelta y se preparó para luchar

contra la enfermera zombi, pero la señorita Nancy cuchicheó y siguió hurgando en su cuero cabelludo en busca de algo para picar. Zack enarcó las cejas y se apresuró a salir de la enfermería. Cerró de un portazo y corrió por el pasillo con el equipo de primeros auxilios.

De vuelta en el despacho del director, Zack cerró la puerta con cuidado.

—¿Qué tal lo lleva?

—Pues no muy bien —respondió Zoe, que por

primera vez en toda la noche parecía asustada y miraba a su padre con ojos llorosos—. ¿Papi?

El señor Clarke estaba pálido y sudaba como un pollo. Su mujer le sujetaba la cabeza. Zack se acercó a su padre y abrió el tapón de la botella de agua oxigenada. Su padre levantó un poco la cabeza y le dedicó una débil sonrisa.

—Todo irá bien, papá. Te lo prometo. —Zack le devolvió la sonrisa, pero la cabeza de su padre cayó al suelo y se quedó tieso.

A Zack se le cayó el alma a los pies.

—No podíamos hacer nada —dijo Rice, acercándose a su amigo y pasándole el brazo por la espalda.

—Hombre, podríamos haberle amputado la pierna —comentó Ozzie con frialdad.

—¡Cierra el pico, Ozzie! —Zack echó un poco de agua oxigenada sobre el corte infectado, y en la rodilla de su padre se formaron unas burbujas blancas.

—No servirá de nada, Zack —dijo Zoe.

—¡Claro que sí! —Zack apenas podía respirar y tenía los ojos llenos de lágrimas—. Venga, papá. Tú puedes...

Se echó a llorar. Estaba tan cansado que le dolía todo el cuerpo. Deseaba despertar de pronto y descubrir que todo había sido una pesadilla. Y recuperar a su padre. Y su casa. Y su estúpida vida insignificante.

—¡Grrrrrr!

El señor Clarke se incorporó de golpe y se abalanzó hacia la pantorrilla de su mujer, que chilló de dolor cuando su marido le arrancó la carne de un mordisco como si fuera una pata de pavo. La mujer cayó al suelo, retorciéndose de dolor.

Zack y Zoe apartaron a su padre y lo derribaron. Ozzie alzó el bate de aluminio y se preparó

para atizarle un buen golpe, pero Zack lo agarró del brazo.

—Prefiero hacerlo yo —dijo. Agarró el bate y se secó los ojos antes de golpearle la cabeza al señor Clarke.

Rice se quitó el casco de lacrosse, se lo colocó al padre de su amigo y le introdujo un puñado de pastillas de Ginkgo biloba en la boca.

—Para que no se despierte —explicó.

—Necesitamos a Madison —dijo Zack, impaciente.

—¿Y qué tiene que ver Madison con todo esto? —quiso saber la señora Clarke, apretándose la herida con una mueca de dolor en el rostro.

—Pues que Zoe era un zombi hasta que Madison la transformó de nuevo, pero es una larga historia —explicó Zack.

—Bien, pues vayamos a buscarla —repuso la señora Clarke, esperanzada—. ¿Dónde está?

—En Washington D. C. —contestó Ozzie.

—¿En Washington?

De pronto, las ventanas del despacho que daban al pasillo vibraron; los profesores zombis estaban aporreando el cristal con la cabeza y los puños.

«Aquí están de nuevo», pensó Zack. Se subió de

un salto a la estantería de roble y abrió las persianas de las ventanas que daban al exterior. El aparcamiento estaba justo al otro lado del césped.

¡Crac! ¡Patapám!

Zack miró por encima del hombro. La ventana del pasillo era en aquel momento un mural espantoso de rasgos faciales aplastados contra el cristal con expresiones psicóticas.

—¡No puedo abrir la ventana! —gritó Zack desesperado.

—¡Pues cárgatela, tío! —aconsejó Ozzie.

Zack se colocó en posición de bateador y golpeó tan fuerte como pudo. El cristal se hizo añicos.

Desde el otro lado del despacho, la ventana parecía una de esas capas de hielo finas y quebradizas que se forman sobre los estanques helados. ¡CRAS! El puño de un zombi atravesó el cristal; la piel, herida y levantada, dejaba al descubierto la carne y el hueso del brazo.

—¡Venga! ¡Daos prisa! —ordenó Zack, sacando a golpes los fragmentos de cristal que todavía quedaban en el marco de la ventana.

Chispas saltó del alféizar y aterrizó en un arbusto. Zoe fue la siguiente, y ayudó a su madre a pasar con cuidado la pierna herida por el marco.

A continuación, Zack, Rice y Ozzie alzaron al señor Clarke y lo sacaron por la ventana, alejándolo de los gemidos de la panda de padres y profesores zombis. Los chicos saltaron después.

Ya en el exterior, la señora Clarke se encorvó hacia delante y empezó a jadear.

—Ponte esto, mamá —dijo Zack, pasándole el casco de fútbol americano—. Ya sé que molesta un poco, pero es para que no nos muerdas.

—No voy a morderos, cielo... —La señora Clarke

levantó la cabeza. Su rostro empezó a mutar, se hinchaba y se pudría—. ¡Voy a comerme vuestro cerebro!

El cuello de la señora Clarke giró de modo grotesco, dando una vuelta de ciento ochenta grados. Zack se apartó, rodeó a su madre, que no paraba de gruñir, y le enfundó el casco.

Rice y Ozzie arrastraban al señor Clarke por el cemento soleado. Las llaves del padre de Zack cayeron al suelo, y el chico se agachó a recuperarlas.

—Mi padre trabaja en el banco... —musitó Zack,

lanzando las llaves al aire y cogiéndolas con la misma mano.

—¿Y qué quieres que hagamos? ¿Que lo robemos? —inquirió Zoe.

—No —respondió Zack, mirando a sus padres zombis—. Quiero hacer un ingreso.

CAPÍTULO 13

La calle principal estaba destrozada y desolada, llena de basura y bolsas de plástico. Los coches averiados formaban una hilera en ambos sentidos de la desierta avenida, y la mayoría de tiendas y restaurantes habían quedado reducidos a escombros durante el ataque zombi. Los restos viscosos de babas y residuos se cocían sobre el asfalto, y la calle apestaba a basura caliente. Sorprendentemente, algunos comercios permanecían intactos, como las casas solitarias que siguen en pie tras un tornado.

Zoe pisó el freno y el coche se paró en seco frente a la sucursal bancaria de su padre.

—Todos los que estén a favor de que Zoe no vuelva a conducir que digan «sí» —soltó Ozzie, todavía agarrotado a causa de la descontrolada conducción de Zoe por aquel barrio de Arizona.

—¡Mirad! —Zoe señaló el parabrisas.

Una majestuosa jirafa con manchas de color canela mordisqueaba la copa de un árbol al final de la calle.

«Debe de haberse escapado del zoo», pensó Zack.

La bestia, de más de cinco metros de altura, volvió su largo cuello hacia el coche, relamiéndose. Los miró fijamente unos instantes y luego se marchó, meneando la cola negra.

Los cuatro chicos se apearon del vehículo, sacaron al señor y la señora Clarke del maletero y los arrastraron hasta la acera. Zack deslizó la banda magnética de la tarjeta de su padre por el lector y la puerta de cristal se abrió.

Una vez dentro del vestíbulo del cajero automático, Zack intentó abrir las otras puertas de entrada, pero estaban cerradas con llave. Examinó las llaves del llavero de su padre hasta encontrar la que buscaba. Los chicos entraron apresuradamente en el banco.

Detrás del mostrador del cajero había una puerta gigantesca de acero con una gran rueda de metal y un teclado numérico. Zack cogió la llave que había visto usar a su padre y la introdujo en la cerradura. El teclado se iluminó: INTRODUCIR CÓDIGO DE SEGURIDAD.

Zack hundió la cabeza bajo el puesto del cajero y buscó el número en la parte inferior del tablero de la mesa.

—Es que mi padre tiene muy mala memoria —explicó.

—A lo mejor le iría bien tomar un poco de Ginkgo —sugirió Rice, y le dio un codazo a Ozzie.

Zack marcó el código numérico en el teclado y la cerradura produjo un ruido metálico. A continuación, el muchacho giró la rueda en sentido contrario a las agujas del reloj y la gruesa puerta de acero se abrió. Las estanterías que había dentro de la caja de seguridad estaban repletas de fajos de dinero contante y sonante, envueltos en plástico.

—¡Ostras! —exclamó Rice—. ¡Estamos forrados!

—No, no lo estamos —repuso Zack. Cogió a su padre catatónico por debajo de los brazos y lo entró a rastras en la caja fuerte.

Zoe lo siguió, arrastrando a su madre, que gruñía y gemía dentro del casco de fútbol americano.

—Zack... —dijo Zoe mirando a sus padres—. ¿Tú crees que estarán bien?

—Eso espero, Zoe.

—Bueno, al menos sabemos que Madison nos

pondrá los primeros en la cola para el antílope. Soy su mejor amiga.

Zack se volvió hacia su madre.

—Vol-ve-re-mos por vo-so-tros... —dijo, pronunciando sílaba por sílaba muy despacio para que le entendiera.

—No te escucha, colega. Puede que esto ayude. —Rice sacó un frasco de Ginkgo biloba de la mochila y le lanzó unas cuantas pastillas a la boca a la señora Clarke, que se las tragó—. Dulces sueños, señora Clarke —dijo con suavidad.

—¿Listos, chicos? —preguntó Ozzie.

—Casi. —Zoe le arrebató el bolso a su madre, corrió por la oficina bancaria y se sentó a la mesa del señor Clarke.

—¿Y para qué necesitamos eso? —quiso saber Rice.

—Eso es cosa mía, y pronto lo sabrás —repuso Zoe, sacando un estuche de maquillaje.

Los chicos la observaron mientras abría la polvera y se miraba nerviosa en el espejito cuadrado. Se colocó de espaldas a ellos y comenzó a aplicarse el maquillaje de emergencia poszombi.

—Zoe, ¿de verdad tienes que hacer eso ahora? —preguntó Zack.

—Pues sí.

Rice y Ozzie salieron de la cámara acorazada, y Zack miró por última vez a sus adormecidos padres.

—No os preocupéis... Volveremos —les prometió antes de cerrar la cámara.

Zack se quedó en blanco, con la espalda apoyada contra la puerta. Se le estaban acabando las ideas.

—Tienes buen aspecto, Zoe... —comentó Rice—. Pero ¿todavía te duele la cara?

—No mucho —contestó ella, aplicándose otra capa de potingue beige en los pómulos.

—¡Estás divina de la muerte! —bromeó Ozzie, y él y Rice rieron y entrechocaron los puños.

—¿Podéis dejar de hacer el idiota, tíos? —intervino Zack—. ¿Es que no os dais cuenta de que sin Madison nuestros padres están en las últimas? Y nosotros también.

—Tienes razón —asintió Rice, hundiendo los hombros—. No sabemos nada de zombis...

—Ni de su esperanza de vida o del margen de tiempo para tomar el antídoto o los vectores recombinantes para la inmunización cruzada... —continuó Ozzie.

—Necesitamos a Madison —pensó Zack en voz alta.

—Si tuviéramos un avión —dijo Ozzie—, podríamos llegar a Washington en un abrir y cerrar de ojos.

Rice se quedó boquiabierto.

—¿Sabes pilotar un avión?

—Pues claro —respondió Ozzie.

Zack puso los ojos en blanco. «Pues claro.»

CAPÍTULO 14

oco después, los cazazombis se detuvieron junto a la alambrada que rodeaba la pista de despegue del Aeropuerto Internacional de Phoenix.

Bajaron del coche, y Zack aprovechó para estirar las piernas al sol de la mañana.

Sentaba bien.

—¿Seguro que sabes pilotar uno de ésos? —le preguntó Zack a Ozzie, observando los aviones comerciales que había al otro lado de la valla.

—Relájate, Zack. —Ozzie clavó un pie en la alambrada y se aupó con ambas manos—. Tengo licencia de piloto desde los diez años. —Trepó hasta lo más

alto con asombrosa facilidad y pasó una pierna
por encima de las púas
que la coronaban.

Rice le dio un codazo a
Zack.

—Yo no podré subir —le susurró—. ¿Y tú?

—No creo, tío —contestó el otro, alzando la mirada al erizado alambre.

—Vale. Zoe, pásame a Chispas, pero asegúrate de
que lo lanzas suficientemente alto, porque... —indicó Ozzie desde el otro lado de la valla.

—Eso está hecho. —Zoe se volvió de espaldas a la
alambrada y se arqueó hacia atrás, de manera que mi-

raba boca abajo a través de la
alambrada—. ¿Listo? —Separó
las piernas y se metió el cachorro entre las rodillas. Chispas tenía las orejas gachas y una mirada
asustada.

—Zoe —dijo Zack—, ni te lo plan-
tees.

Su hermana le dedicó una sonrisa sinies-
tra.

—¡Zoe, no lo hagas! —insistió Zack.

—¡Guau! ¡Guau! —ladró Chispas mientras sobrevolaba la alta y peligrosa alambrada.

Ozzie atrapó al chucho en el otro lado, y éste saltó al suelo, sano y salvo.

—Las damas primero —anunció Zoe, subiéndose a la alambrada. Cuando llegó arriba, miró a Zack y Rice—: A ver, pringados, ¿venís o qué? —Comenzó a bajar por el otro lado y estuvo enseguida de nuevo en tierra firme—. Que no tenemos todo el día, ¿eh?

—¿Cómo lo ha hecho? —preguntó Rice—. Tú hermana es una acróbata, colega.

Zack intentó trepar por la alambrada, pero no le salió bien y se cayó. Y la cosa fue peor cuando lo intentó Rice. Fracaso absoluto.

—Lo siento, chicos. —Ozzie se encogió de hombros—. Creo que vosotros dos tendréis que pasar cruzando el aeropuerto. Nosotros cogeremos un avión. Nos encontraremos en las puertas de embarque, en el otro extremo de la terminal, ¿vale?

—¿Y pensáis dejarnos aquí? —inquirió Rice, preocupado.

—No podemos arriesgar la vida sólo porque vosotros dos no estáis en forma —arguyó Zoe.

—Además, yo soy el único que sabe pilotar —añadió Ozzie.

—Tiene razón, Zack —dijo Rice.

—Está bien, allí estaremos —afirmó Zack.

—Hasta ahora, cabezas de chorlito —se despidió Zoe.

Chispas ladró y miró a Zack con carita triste a través de la alambrada.

—Venga, vete. —Le hizo señas al cachorro con la mano—. No puedes venir con nosotros. El tío Ozzie se ocupará de ti... ¡Venga!

Chispas se alejó corriendo, pero se detuvo y se volvió para mirarlo una vez más.

—¡Vete! —le ordenó Zack, y el confundido perrito obedeció y siguió a Zoe y a Ozzie.

—Vámonos, Rice. Tenemos que ponernos en marcha —dijo Zack, impaciente.

Los dos amigos corrieron hasta la entrada de la terminal del aeropuerto, pero cuando estaban cruzando las puertas se pararon en seco, con las armas que habían cogido de la caseta del colegio bien sujetas. El enorme vestíbulo estaba repleto de zombis. Docenas de trabajadores del aeropuerto y viajeros deambulaban sin rumbo frente a los mostradores de facturación, sucios de su propia sangre. Varias extremidades extraviadas decoraban el suelo.

—Colega, necesitamos a Ozzie... —comentó Rice.

—¿Puedes dejar de pensar en tu querido amiguito un segundo?

—¿Qué quieres decir con eso?

—Tiene razón, Zack... Ozzie tiene razón, Zack... —repuso éste—. Es que siempre le das la razón, colega.

—¿Y qué tiene de malo, tío? —se defendió Rice—. Es que casi siempre la tiene.

En ese momento, un turista zombi los vio y bramó. Los otros zombis se volvieron.

—Da igual —suspiró Zack, sujetando con fuerza el bate—. ¡Salgamos de aquí!

Corrieron hacia la horda de bestias y las esquivaron en zigzag abriéndose paso hasta el control de seguridad. Los zombis balanceaban los brazos, pero los chicos los aporreaban como si fueran piñatas.

—¡Por ahí abajo! —Zack indicó la planta inferior de la terminal.

Pero unos cuantos pasajeros se arrastraban por las escaleras mecánicas; babeaban y producían unos ruidos asquerosos. Montones de zombis más salieron de la tienda libre de impuestos, bloqueándoles su única salida.

Zack y Rice pasaron a toda prisa por el laberinto acordonado en dirección al control.

Los zombis los acorralaron y tiraron al suelo los soportes que acordonaban la zona. Zack y Rice estaban atrapados en el centro de una maraña de cintas.

—Mantén las rodillas levantadas —le ordenó Zack a su amigo, desenredándolo.

Y siguieron con la dura carrera de obstáculos. Saltaron por encima de la trampa de los zombis y se dispusieron a cruzar los detectores de metales.

—¡Alto ahí, muchacho! —Un agente de seguridad de avanzada edad apareció de la nada—. Tarjeta de embarque e identificación, por favor.

—Pero si no es un zombi... —murmuró Zack, atónito.

Los muertos vivientes se arrastraban tambaleándose por todo el aeropuerto, pero aquel hombre era ciento por ciento humano, y parecía completamente ajeno al pandemónium que le rodeaba.

—¿Que no soy un qué? ¿Qué has dicho? —El hombre miró a Zack con los ojos entornados—. ¡Tarjeta de embarque e identificación! —repitió con autoridad.

—Está bien. —Zack abrió el cierre de velcro de su monedero y le mostró su carné de la biblioteca.

El hombre asintió.

—Quítate los zapatos y deja aquí todos los artículos metálicos que lleves encima.

—Pero señor, ¿es qué no

ve todos los zombis que tenemos detrás? —inquirió Zack.

—¿Qué has dicho? —El agente de seguridad chiflado ahuecó una mano detrás de la oreja.

—¡Déjenos pasar! ¡Deprisa! —gritó Rice, echando un vistazo a la locura descontrolada que los acechaba.

—Seguro que vais apurados de tiempo, pero toda esta gente también —dijo, señalando a los zombis. Acto seguido entregó a cada uno una bandeja de plástico gris—. Y ahora dejad de retrasar la cola, ¿vale?

—¡Pero si no son ni personas! —protestó Zack.

—Hijo, esto no es un juego. Es un asunto de seguridad nacional.

Zack depositó sus zapatillas, el bate de béisbol y la navaja multiusos en la bandeja; la deslizó hasta el escáner y cruzó el detector de metales.

—Abre los brazos —le ordenó el anciano agente.

Zack refunfuñó y abrió los brazos para que el hombre le pasara el detector portátil por encima del tórax.

—¡Grrr! ¡Brrrag! —Los zombis se acercaban, gruñendo sin cesar.

Rice se sacó los zapatos y puso precipitadamente su mochila en la cinta transportadora. Su kit de supervivencia cruzó el monitor de rayos X. En el interior, los dedos amputados se retorcían en la bolsa de plástico aferrados a la hamburguesa BurgerDog; un paquete de seis bolsas pequeñas de patatas fritas estaba aplastado bajo los frascos de pastillas de Ginkgo biloba, y los deberes del colegio estaban arrugados entre la cinta adhesiva, la lana de acero, las pilas, los prismáticos, un botiquín de primeros auxilios y una caja de bollos Twinkies.

—Mmm... —El agente examinaba el monitor de rayos X mientras los zombis se aproximaban por detrás—. Pasa por el detector de metales, por favor.

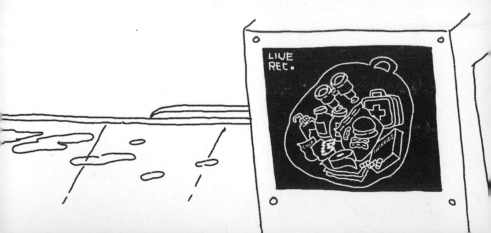

Rice atravesó el marco magnético y se quedó quieto. ¡Biiip!

—Vacíate los bolsillos y vuelve a pasar.

Los zombis estaban a pocos metros de devorar a Rice.

—¡Señor, déjelo pasar! —le suplicó Zack. ¡Van a arrancarle los brazos!

—Yo no impongo las normas, muchacho. Pasa otra vez, por favor.

El aliento fétido y caliente de los zombis ya rozaba la nuca de Rice. Un brazo pálido y dislocado, lleno de babas y pus, intentó agarrarlo por el cuello de la camisa. Tenía la piel marchita y arrugada, como las yemas de los dedos tras una ducha demasiado larga.

Rice se agachó y golpeó al agente en la espinilla con el palo de hockey sobre hierba al mismo tiempo que otro brazo zombi le pasaba zumbando por encima de la cabeza. Rice se zambulló en el escáner, y el viejo se puso a vociferar, saltando a la pata coja y agitando el puño.

—¡Zack! —gritó Rice dentro de la máquina.

Zack echó un vistazo a la imagen de rayos X, que mostraba el cráneo de su amigo.

—¡Rice!

—¡Zack! —gritó el esqueleto de Rice desde el escáner—. ¡Me he quedado atascado!

Zack metió los brazos por las cortinillas negras, agarró a su amigo por las muñecas y tiró de él. Justo en aquel momento uno de los zombis agarró un pie de Rice por el otro extremo del escáner.

—¡Me tiene pillado!

—¡Espera! —Zack apoyó las plantas de los pies contra el marco de acero de la máquina, como si jugara a vida o muerte al tira y afloja. Contó hasta tres y tiró con todas sus fuerzas.

Rice salió disparado de las cortinas y pasó entre las piernas de Zack, que patinó y cayó de espaldas al suelo.

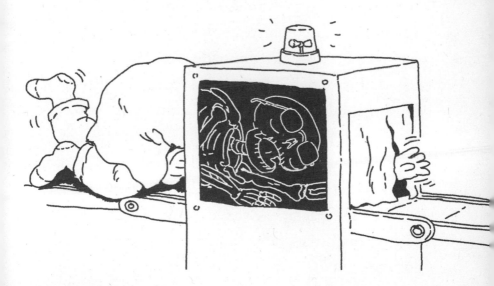

El zombi se retorcía en el escáner, chillando como un demonio.

Zack se levantó y aplastó al monstruo. A continuación corrió a reunirse con su amigo. Pero Rice no se movía. Estaba tieso, tumbado en el suelo, mientras los zombis rugían detrás de la separación de cristal del control de seguridad y hacían muecas como niños al otro lado del cristal.

—¿Rice? ¿Estás bien? —Zack sacudió a su amigo, que tenía la cabeza ladeada y la lengua fuera—. Rice, ¡no me hace gracia! —Zack le apoyó la oreja sobre el pecho e intentó escuchar los latidos—. ¡Rice! —chilló.

CAPÍTULO

Las bandejas de plástico grises volaron por los aires cuando los mutantes simiescos se atascaron en los detectores de metales, arrastrando consigo las cintas negras y los pesados soportes de metal, como una panda de encadenados.

—¡Rice! —Zack sacudió a su mejor amigo con todas sus fuerzas.

De pronto, Rice sonrió y abrió los ojos de par en par.

—¡Te lo has tragado! —Se levantó de un salto, se sacudió la ropa y se colgó la mochila de un hombro.

—¡Ostras, tío! ¡Tienes que dejar de hacer eso! —chilló Zack, enfadado, y corrieron hacia las puertas de embarque, lejos del horripilante espectáculo zombi.

Un poco más adelante, en el ancho e interminable pasillo, vieron un carrito eléctrico frente a un puesto de BurgerDog. Los chicos se subieron de un salto al vehículo y Zack se puso al volante.

—Gracias por haberme salvado la vida, colega —dijo Rice.

—Qué pena que no lo haya hecho Ozzie —repuso éste con retintín.

—¿Se puede saber qué mosca te ha picado? —le preguntó Rice.

Zack suspiró.

—Bueno, pues que me daba la sensación de que tú eras mi mejor amigo y todo eso, pero entonces aparece Ozzie y es como si... —Zack no se atrevía a confesarle el miedo que tenía de pasar a un segundo plano.

En aquel momento, una gran pandilla de bestias de ojos saltones salió tambaleándose de la librería W. H. Smith, derribando expositores giratorios de postales y esparciendo éxitos de ventas por el suelo de linóleo.

—Escucha, Zack —lo interrumpió Rice—, ¿podemos dejar esta charla para más tarde? —Señaló a los zombis de ojos verdes que se arrastraban hacia ellos.

Zack pisó el pedal y el coche se puso en marcha bajo el cartel de «GRAN INAUGURACIÓN» de Burger-Dog que colgaba del techo. Cruzaron a toda prisa la terminal camino de las distantes puertas de embarque, alejándose de la horda de zombis.

Unos minutos después se bajaron del carrito y miraron por los grandes ventanales que daban a la pista.

—¿Dónde se han metido? —inquirió Rice.

—No lo sé, pero espero que lleguen pronto —contestó Zack, mirando atrás.

Los zombis avanzaban por el reluciente pasillo, abriendo y cerrando la boca. Vasos sanguíneos y tendones se les hinchaban en los venosos cuellos; las gargantas se expandían y contraían con flema regurgitada, y alzaban los brazos como una pandilla de sonámbulos. Desde lejos, era como si sólo quisieran un fuerte abrazo.

Entonces, Zack vio por el ventanal que el avión comercial hacía su entrada en escena. Ozzie saludó desde la cabina de mando y Zoe, sentada en el asiento del copiloto con Chispas en el regazo, los saludó moviendo la patita del cachorro.

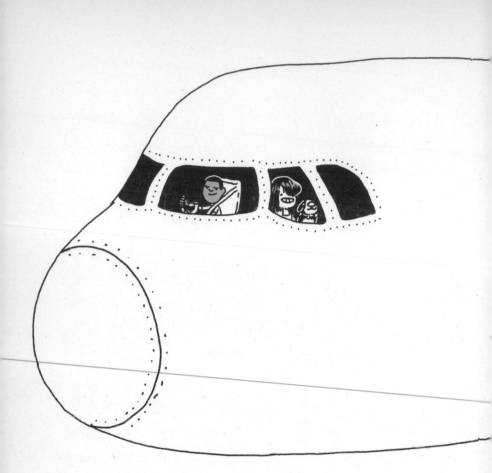

—¡Rápido! —Rice se apresuró a abrir la puerta de la pasarela de acceso a las aeronaves.

Zack salió disparado por ella, sin quitar ojo a la densa masa de bestias que rugía detrás de ellos.

—¡Espera! —le gritó Rice.

Pero era demasiado tarde; no había ninguna pasarela. Zack quedó suspendido en el aire un instante, como cuando el Coyote se topaba de pronto con un precipicio, y cayó entre la terminal y el avión. Logró agarrarse al marco de la puerta, sujetándose con las yemas de los dedos de una sola mano. Un grupo de controladores de pista zombis se congregó a sus pies, mirando hacia arriba con lenguas palpitantes. La vida de Zack pendía de un hilo; se enfrentaba a una caída libre de cinco metros sobre un montón de devoradores de cerebros que le esperaban ansiosos.

—¡Zack, dame la otra mano!

—¡No puedo! —chilló Zack, que apenas conseguía no caer.

—Sí —insistió Rice, con una mirada de absoluta confianza—. ¡Sí que puedes!

Zack logró alzar la mano suelta y Rice la agarró por la muñeca y tiró de él, alejándolo de una muerte segura. Zack logró finalmente encaramarse de nuevo a la zona de embarque.

—Gracias, Rice —le agradeció cuando su amigo lo ayudó a levantarse—. Perdona por lo de... ya sabes.

—No pasa nada.

Zack y Rice se agarraron por los pulgares como si fueran a echar un pulso, pero se fundieron en un abrazo, dándose palmaditas en la espalda.

No obstante, aquel momento tierno se interrumpió en cuanto Zack vio que unos repugnantes zombis se les acercaban gruñendo y rechinando los pocos dientes que les quedaban.

—¡Grrr!

El personal zombi del aeropuerto se arrastraba por la sala de espera.

—¡Por ahí! —Rice señaló hacia una escalera que había al otro lado de la puerta de embarque.

Los chicos escaparon a toda prisa de los zombis y bajaron siguiendo una señalización con flechas que indicaba el camino: → TRANSPORTE TERRESTRE → RECOGIDA DE EQUIPAJES.

Los zombis corrieron tras Zack y Rice, pero tropezaron y bajaron los escalones dando volteretas. Los chicos llegaron abajo y salieron escopetados, dejando atrás un asqueroso amontonamiento de huesos partidos y piel putrefacta.

Tenían delante la cinta transportadora de la zona de recogida de

equi-
pajes, que daba
vueltas con una sola
maleta. Zack y Rice se subieron de un salto, se pusieron en cuclillas y se dejaron llevar al otro lado de
las cortinas negras del área restringida.
Una vez en el exterior, se bajaron de la cinta
transportadora y salieron sin dilación al brillante sol del mediodía. Se volvieron y vieron las
siluetas borrosas de algunos zombis que se tambaleaban por la pista; entre el humo que salía del
motor del avión y el calor del desierto que irradia-
ba el asfalto, parecía un espejismo.

Justo frente a ellos, una escalera comenzó a
desplegarse en la parte delantera de la aeronave.
Zack y Rice subieron a bordo. La escalera se
retrajo y cerraron la escotilla. Los chicos se
desplomaron en la seguridad de la cabina
de primera clase.

Zoe se echó encima de su hermano y su mejor amigo. Parecía casi contenta
de verlos.

—Buen trabajo, pringados —dijo.

Zack y Rice jadeaban exhaustos, y Chispas le lamió el sudor del brazo a Zack.

Ozzie asomó la cabeza desde la cabina de mando.

—¡Bienvenidos a bordo, colegas! —Llevaba unas gafas de sol grandes y unos auriculares con micrófono y antena—. No estaba seguro de que lo consiguierais. —Rio entre dientes.

—Por los pelos —resopló Zack.

—Tomad asiento, chicos. Estamos listos para el despegue. —Ozzie pulsó algunos interruptores y accionó el acelerador.

El avión empezó a moverse.

CAPÍTULO

En cuanto alcanzaron mayor altitud, a Zack se le destaparon los oídos, y el avión se enderezó mientras atravesaban una de las pocas nubes que decoraban el cielo azul.

¡Ding!

—Ya podéis moveros libremente por la cabina —anunció la voz del capitán.

Pero Zack no tenía ganas de moverse. Llevaba tantas horas despierto, que estaba muerto de cansancio y listo para echarse una siesta en el cómodo asiento de cuero. Chispas recostó la cabeza en el regazo de Zack y suspiró.

—A ver, chicos... —llamó Rice desde la cocinita

que había en la parte delantera del avión—. Aquí hay Muncharoos, que creo que son como los Cheetos pero con un canguro.

—¿Qué más hay?

—También hay galletas saladas recubiertas de chocolate... y creo que nada más.

—Me encantan esas galletas. —Zoe abrió la bandeja y la colocó en posición horizontal.

—Una bolsa de Muncharoos —pidió Zack, medio grogui.

—¿Y la palabra mágica?

—Por favor —añadió Zack.

No obstante, Rice no se movió, estaba esperando a Zoe.

—¡Tráelas ya! —insistió ésta.

Rice cogió los tentempiés, caminó por el pasillo y repartió sus comandas antes de volver a la cocina.

—Tengo que confesarte, querido hermano, que tu amigo me cae mucho mejor cuando nos hace de criado —bromeó Zoe con arrogancia.

¡Grrr! ¡Bla! ¡Grr!

El rugido procedía de la despensa. Rice gritó con todas sus fuerzas y Zack se incorporó de golpe en su asiento. Una azafata zombi agarraba a su amigo y le estaba retorciendo el cuello.

Rice agarró a su vez a la asistente de vuelo por el cuello, y comenzaron a bambolearse como si bailaran una canción lenta.

—Pero ¿qué diab...? —Zack saltó al pasillo central.

—Ayuda. —Rice tosía y resoplaba, casi sin aire.

La asquerosa azafata empujó la cabeza hacia delante y gruñó, escupiendo babas y sacando espuma por la boca como un perro rabioso.

Rice tenía los ojos inyectados en sangre, marcados

con venitas rojas. Zack se abalanzó sobre la pareja, agarró a la azafata zombi del pelo y tiró tan fuerte como pudo. La bestia soltó la yugular de Rice y le dio un codazo a Zack en la nariz, que cayó de espaldas al suelo. Rice, ya libre, se derrumbó encima de él.

La lunática asistente de vuelo se aproximó a los chicos.

—¡Ah! —gritaron Zack y Rice al mismo tiempo, cogiéndose el uno al otro como una pareja en una película de terror.

En aquel momento, Zoe entró en escena y le atizó un buen gancho a la bestia con la mano derecha. ¡PAM! Luego la noqueó con otro puñetazo. ¡PUM! La azafata se desplomó. Zoe se frotó los nudillos y sacudió la mano.

—Gracias —balbuceó Rice, frotándose el cuello.

—Ha sido un placer, enano. —Zoe sacó músculo y se besó el brazo.

—Venga, ayudadme a deshacerme de esta bestia. —Zack cogió a la zombi de los tobillos, y él y su hermana arrastraron a la inconsciente asistente de vuelo hasta la parte trasera del avión y la encerraron en el lavabo.

De vuelta en primera clase, el vuelo prosiguió en silencio. Zack, que bebía a sorbos un refresco con los párpados entrecerrados, hundió la cabeza en la almohada, absorto en sus pensamientos. Intentó concentrarse en la vibración del avión, pero en cuanto cerraba los ojos veía cabezas de zombis flotando por todas partes como si estuvieran grabadas bajo sus párpados cerrados. Además, no podía dejar de pensar en sus padres, encerrados en la caja fuerte del banco y convertidos en zombis.

Zack bajó la cortinilla de la ventana; había demasiada luz. Rice se acercó a él con una mantita de lana roja y lo arropó. Al final, se quedó frito.

Horas después, Zack se despertó sobresaltado. Subió la cortina y miró al exterior. La luz sombría del atardecer había sustituido el intenso sol de la mañana; la oscuridad crecía a medida que el avión se adentraba en una nube espesa. El interior de la aeronave estaba iluminado con luces tenues.

El chico miró a su derecha. Rice roncaba, profundamente dormido. Zoe estaba de pie junto a él con un rotulador en la mano, preparándose para escribir algo en la frente de su amigo.

De pronto, la cabina se puso a temblar y traquetear como si se estuviera produciendo un terremoto en el cielo.

—¡Ozzie! —gritó Zoe hacia la cabina de mando—. ¿Qué narices haces?

El avión empezó a girar como un sacacorchos, y Rice se despertó de golpe.

—¡Estamos cayendo! —exclamó.

La señal de «ABRÓCHENSE LOS CINTURONES» se iluminó y las máscaras de oxígeno cayeron de los compartimentos del techo. El carrito de la comida salió disparado de la despensa y se estrelló contra la pared del otro extremo del pasillo.

Chispas se refugió en el regazo de Zack, con las orejas gachas. Zack, Zoe y Rice se quedaron agarrotados en sus asientos.

—Antes de que muramos —comenzó Zoe—, quiero deciros que siento mucho haber sido tan borde con vosotros. ¡Te quiero, hermanito! Ya está dicho.

—Yo también te quiero, tío —gritó Rice.

—Y yo también a vosotros, chicos. —Zack cerró los ojos y rezó para que el avión no se estrellase.

Mientras el avión bajaba en picado y viraba bruscamente en la tormenta eléctrica, nadie pronunció palabra.

¡CRACK! ¡BOOM!

—Oíd, chicos, ¿vosotros no tenéis intención de pedirme perdón? —preguntó Zoe.

—¿Perdón, por qué? —gritó Zack por encima del caos.

—Pues por ser unos pringados y por hacerme rabiar —explicó su hermana.

El ruido sordo de un trueno resonó en la cabina; por las ventanillas se veían los relámpagos que destellaban en el exterior.

—Está bien —comenzó Rice, aterrado—. Me sabe mal que se te haya quedado la cara hecha un asco.

—Tiene que ser algo que hayas hecho tú, idiota. —Zoe enarcó las cejas, insatisfecha.

El avión se inclinó de repente y todos dieron un bote en sus asientos.

—¡Vale, Zoe! —exclamó Zack—. Cuando irrumpiste en mi habitación para intentar comerme, fue casi un placer aporrearte la cabeza.

—Oye... —protestó su hermana—. ¡Eso es muy cruel! —Y se volvió hacia Rice—. ¿Y bien? ¿Tú qué tienes que decir?

En ese momento el avión se enderezó.

—¿Y bien? —Zoe tenía los brazos cruzados, con la mirada fija en Rice.

Las luces del techo se encendieron y la cabina se presurizó de nuevo. Rice no respondió y le sacó la lengua.

—Lo siento, chicos, una pequeña turbulencia. Estamos atravesando una tormenta, así que me temo que el aterrizaje será movido —anunció la voz de Ozzie por los altavoces.

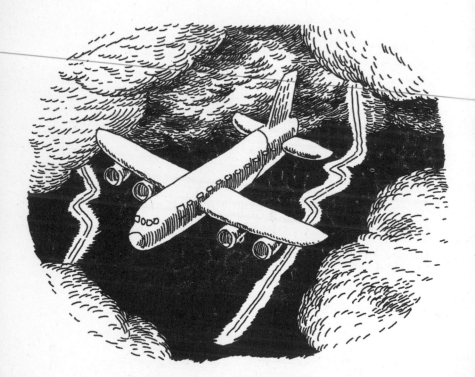

CAPÍTULO

El avión estaba sobrevolando una carretera atestada de zombis. Zack echó un vistazo por la ventanilla ovalada: los muertos vivientes parecían hormigas. No había ningún coche en movimiento, ningún faro encendido. Sólo los relámpagos iluminaban la carretera repleta de diminutas bestias.

No cabía duda, la tormentosa ciudad de la costa Este también estaba plagada de zombis.

El morro del avión se inclinó hacia abajo poco a poco y comenzaron a descender a través de la fuerte y oscura tormenta del distrito de Columbia.

Al fin, las ruedas de la aeronave entraron en contacto con el asfalto mojado de la avenida Washington

Memorial. El avión rebotó, y Zack sintió que se le revolvía el estómago, del mismo modo que le sucedía en las atracciones de feria. La cabina entera vibró. Zack, Rice y Zoe se recostaron en sus asientos, muertos de miedo, y Chispas, protegido entre los brazos de Zack, gimoteó en cuanto la enorme aeronave se detuvo.

Ozzie salió de la cabina de mando.

—Ha ido bastante bien, ¿no? —comentó, orgulloso—. ¿Estáis listos para salir al mundo de los zombis, chicos? —preguntó, recuperando el palo de hockey sobre hierba que estaba tirado en el suelo.

Zoe seguía agarrotada en su asiento; se agarraba con fuerza a los apoyabrazos y tenía los ojos abiertos como platos. No parecía lista en absoluto.

—Relájate, Zoe. —Rice le dio una palmadita en la cabeza y recogió su mochila.

—Será mejor que metamos a Chispas en la bolsa —sugirió Zack—. No quiero que se vuelva a escapar.

—Buena idea, Zack Attack. —Rice abrió la cremallera.

—Pero en ese bolsillo no —indicó Zack, echando un vistazo a los especímenes de Rice—. Tampoco me gustaría que comiera más BurgerDog. Ah, y no me llames Zack Attack.

—Bien pensado, colega —dijo Rice, y metió a Chispas en otro compartimento de la mochila.

—¿Qué hora es aquí? —preguntó Zack, mirando al exterior por la ventanilla.

—Pasadas las seis —contestó Ozzie, golpeando la codera que llevaba contra la palma de su mano.

La escotilla lateral se abrió y los chicos se apearon a la carretera. Una plaga de zombis empapados se arrastraba por el asfalto. Los cazazombis salieron disparados hacia la colina que había a un lado de la avenida y avanzaron por la hierba encharcada que crecía al borde de un gran río que estaba a punto de desbordarse. Un fuerte viento azotaba los árboles, altos y de color verde oscuro. Zoe se estremeció; los zombis los seguían, chapoteando detrás de ellos.

Un relámpago iluminó el cielo y vieron que un poco más adelante había un gran puente que cruzaba el río.

—¡Corred! —gritó Zack, y corrieron por la orilla en dirección al puente.

Huyeron de la banda de zombis y llegaron a la otra orilla del río, donde se detuvieron para recuperar el aliento al pie de dos impresionantes estatuas ecuestres. Más adelante, la calle se bifurcaba frente a un gran edificio blanco con columnas gigantescas.

—La Casa Blanca... —dijo Rice, fascinado.

—No, es el Lincoln Memorial —lo corrigió Ozzie—. ¿Es que no habéis estado nunca en Washington, chicos?

—Vivimos en Arizona, tío —se justificó Zack.

—La Casa Blanca no está muy lejos de aquí —les explicó Ozzie, y rodearon el Lincoln Memorial por la parte posterior para entrar en un parque arbolado.

—Oye —llamó Rice—, ¡espéranos!

Ozzie guiaba al grupo, pero iba demasiado rápido. Zack corría tras él, intentando no perderlo de vista. De pronto, un zombi cubierto de babas salió de detrás del tronco de un árbol. Zack se detuvo para intentar ver qué sucedía a través del fuerte aguacero. Y, de repente, Ozzie ya no estaba.

—¡Ozzie! —gritó Zoe bajo la lluvia.

Justo en aquel instante, Zack oyó un aullido como el de un lobo atrapado en una trampa para osos. «¿Ozzie?» Zack corrió hacia el agonizante sonido y vio a Ozzie rodando por el barro. El chico se agarraba la pierna por debajo de la rodilla con ambas manos.

—¡Ay! —se quejó Ozzie. Tenía el tobillo atrapado en una maraña de raíces de árbol—. ¡Mi pierna!

—¿Estás bien, colega? —preguntó Zack, ayudándolo a sacar el pie del enredo.

Ozzie gimió de dolor, y mientras jadeaba para recuperar el aliento la lluvia seguía cayendo a cántaros sobre ellos.

—Ostras, tío —dijo Rice, aproximándose—. Esto es peor que cuando olvidas desactivar las heridas en el videojuego Madden.

Un cartero zombi cubierto de babas apareció por detrás de un árbol cercano. Dejó escapar un lamento aterrador y comenzó a tambalearse hacia ellos.

—¡Tenemos que sacar a Ozzie de aquí! —apremió Zoe.

Un rayo desgarró el cielo, y Zack examinó la escena que los rodeaba: montones de ciudadanos zombis se les aproximaban provenientes de todas partes. Los salvajes cubiertos de fango avanzaban bajo los relámpagos y desaparecían en la oscuridad. La tormenta rugió y estalló en una lluvia furiosa.

—¡Vayamos al Lincoln, chicos! —Zoe señaló

el monumento que se erguía al otro lado de los árboles.

Zack y Zoe arrastraron a Ozzie a la acera opuesta, lejos de la avalancha de zombis, y lo subieron por la ancha escalinata situada entre dos pilares gigantescos. Una vez cobijados y protegidos de la lluvia, colocaron a Ozzie sobre el mármol helado y se quedaron observando al pequeño y herido soldado ninja.

Ozzie se arremangó la pernera del pantalón y gruñó. No tenía buena pinta. Tenía la tibia fracturada por encima del tobillo y el hueso le sobresalía de la piel.

—Colega —dijo Rice, afligido—, ¡tienes la pierna hecha polvo! —afirmó mientras la examinaba con atención.

Ozzie gimió otra vez.

—Rice, déjame los prismáticos —ordenó Zack.

Rice hurgó en la mochila, sacó los prismáticos y se los pasó a Zack, que rápidamente oteó los alrededores con ellos.

—¿Qué ves? —inquirió Ozzie, aturdido.

Zack veía el famoso estanque frente al monumento. Estaba teñido de verde y lleno a rebosar de zombis flotantes, arrugados e hinchados.

—Miles de zombis —respondió Zack—. Y algo puntiagudo y enorme al otro lado del estanque.

—Está bien —jadeó Ozzie—. Eso es el Monumento a Washington. Chicos, vais a rodear el estanque y, cuando lleguéis al gran obelisco, giraréis a la izquierda.

—¿Cómo que «giraréis»? —quiso saber Rice.

—Luego seguid recto hasta la Casa Blanca —continuó Ozzie, haciendo caso omiso del comentario de Rice.

—¿Y tú? ¿No vienes con nosotros? —preguntó Zoe.

—¿Cómo? —Ozzie se apretó la pierna rota—. No puedo caminar.

—Bueno, podemos ir muy despacito y así los zombis no sabrán que no somos zombis. —Rice se tambaleó hacia delante, con los brazos levantados, imitando con gracia a las asquerosas bestias.

—Será inútil —repuso Ozzie—. Soy un peso muerto. Dejadme aquí.

—Ni de coña, colega —insistió Rice—. ¡No vamos a dejarte aquí tirado!

La lluvia caía a chorros del tejado del Lincoln Memorial. Zack se llevó la mano a la frente y comenzó a caminar de un lado a otro.

—Es por el bien de todos —añadió Ozzie.

—A mí se me dan bastante bien las carreras a tres piernas —comentó Zoe.

—Gracias por la información, Zoe —repuso Zack—. Pero ¿qué tiene que ver eso con lo que nos ocupa?

—Pues que sólo tenéis que amarrar su pierna mala a una de las mías —repuso su hermana.

—¿Crees que podrás hacerlo, Ozzie? —preguntó Rice.

—Valdrá la pena intentarlo... —contestó éste, rechinando los dientes.

Zack y Rice ayudaron a Ozzie a levantarse y a sostenerse sobre su pierna sana. Zoe se situó a su lado y puso una pierna suya contra la pierna herida de Ozzie. Zack ató a los corredores con lo que quedaba de cinta adhesiva y se deshizo del rollo vacío.

Se incorporaron; eran cuatro sobre siete piernas.

Abraham Lincoln los observaba desde su imponente trono.

Zack desvió la mirada hacia la capital de Estados Unidos; estaba infestada de zombis. Y en aquel preciso instante comprendió que ya no se trataba únicamente de ellos. El problema no era Madison, ni sus padres, ni sus cachorros, ni sus amigos. La cosa tenía mucho más alcance. Se le hizo un nudo en el estómago.

Tenían que salvar al mundo entero.

CAPÍTULO

Estaba diluviando.

Zoe y Ozzie bajaron a la pata coja los escalones de mármol, y Zack y Rice empuñaron las armas y avanzaron poco a poco, flanqueando a los corredores a tres piernas.

—¡Au! —se quejaba Ozzie, mientras se abrían paso hacia el estanque.

A la luz crepuscular de la tormenta eléctrica, todo se veía negro y gris. Había cuerpos hinchados boca abajo en la fuerte lluvia y zombis empapados que salían de la arboleda del parque. Un estrecho pasillo de zombis se formaba entre el traicionero bosque y el borde de piedra del gran estanque rectangular.

Los chicos se dirigían al Monumento a Washington tan rápido como Zoe y Ozzie podían. El ruido de la lluvia se confundía con los latidos de Zack mientras se acercaban a la multitud de zombis.

—¡Zack, atento! —avisó Rice.

Una bestia enloquecida salió del bosque. Zack se volvió y le atizó un buen porrazo con el bate. ¡PUM! El zombi cayó de bruces al barro, y Zack gruñó.

Un relámpago iluminó el cielo un par de segundos. Frente a ellos, el puntiagudo monumento de marfil proyectaba una sombra afilada sobre el césped, como una daga que señalara su destino final. La casa más famosa de Estados Unidos estaba a menos de dos campos de fútbol de distancia.

—La Casa Blanca... —dijo Rice, con un dejo de temor.

El paisaje se oscureció y un trueno rugió como si fuera el fin de un espectáculo de fuegos artificiales.

Zack hizo un barrido con los prismáticos. Cientos y cientos de ciudadanos zombis pululaban por el Jardín de las Rosas de la Casa Blanca: políticos manchados de barro arrastrándose en la oscuridad intermitente; senadores tambaleándose codo a codo con vagabundas y hombres con maletín; niños diabólicos junto a prisioneros zombis vestidos con mono naranja chapoteando en el fango.

Las rejillas de las alcantarillas estaban taponadas de lodo y escombros, por lo que la calzada se inun-

daba. En la superficie del agua flotaban insectos y colas de rata; un auténtico brebaje de mugre y peste. Y del contaminado foso que tenían que cruzar emergían perritos calientes y globos oculares.

—¿Podremos hacerlo? —preguntó Rice por encima del estruendo de la lluvia.

—¡No tenemos otra opción, colega! —Zack se volvió hacia Ozzie y su hermana—. ¿Cómo lo lleváis, chicos?

—Bueno, la verdad es que es una pareja pésima —respondió Zoe—, pero nos las apañaremos.

Zack se remangó las perneras y agarró el bate con firmeza. Rice caminó poco a poco, arrastrando su gran palo de hockey. Ozzie refunfuñaba y se estremecía de dolor a cada paso que Zoe daba mientras cruzaban la calle rebosante de fluido tóxico.

Una panda de políticos zombis trajeados se tambaleaba por el Jardín Sur de la Casa Blanca con los abrigos hechos jirones. Un congresista y un asistente del Senado se arrastraban hacia ellos, retorciendo sus brazos mutilados; las mangas de la camisa les colgaban de los codos destrozados.

Rice se ocupó del humilde asistente, y Zack aporreó al político en su cabeza legislativa.

Zoe caminaba con dificultad cruzando los asquerosos charcos, cargando con Ozzie, mientras su hermano y Rice daban golpes a diestro y siniestro. Ya casi habían llegado.

—¡Venga! —Zack y Rice subieron a toda prisa los escalones del Pórtico Sur y esperaron a que Zoe llegara con Ozzie y su pierna herida.

—Más vale que Madison esté aquí dentro —dijo Zoe sin aliento en lo alto de la escalera.

Ozzie sacó su famoso cuchillo y cortó la cinta que los unía. La carrera a tres piernas se había acabado.

Zack abrió una ventana, trepó hasta el alféizar y aterrizó sobre la lujosa alfombra del interior. Rice fue el siguiente en colarse por la ventana, seguido de Zoe. Ozzie logró entrar utilizando el palo de hockey como bastón.

Cuando subían los escalones de la mansión abandonada, Zack se paró a medio camino y olisqueó el aire.

—¿Oléis eso?

—¡Qué asco! —dijo Zoe, tras respirar hondo por la nariz—. Rice, ¿has sido tú?

—Lo siento —contestó el chico—. Es que estoy nervioso. —Y meneó la mano detrás de su trasero.

—Ostras, tío, apesta —protestó Ozzie, sacudiendo la cabeza.

—No, no me refiero a eso —explicó Zack—. Ahí arriba huele a café.

Guio al grupo hasta el segundo piso, olisqueando como un sabueso y siguiendo el rastro del café recién hecho hasta la puerta del Despacho Oval.

Los chicos entraron al sanctasanctórum del presidente.

Un agente del Servicio Secreto se volvió rápidamente hacia Zack. Vestía traje negro y gafas de sol, y sostenía una bandeja de cartón con cuatro tazas de café. El hombre de negro se abrió la americana y se llevó la mano a la cadera como un pistolero del Lejano Oeste. Tocaba con la mano el metal frío y negro de su arma de fuego.

Atemorizado, Zack miró por encima del hombro a Rice, Zoe y Ozzie. Tenían un aspecto espantoso, iban empapados y desaliñados. Rice respiraba con dificultad. Ozzie, que se tambaleaba sobre un solo pie, tenía una mueca de dolor en el rostro a causa de la herida. Zoe, con el maquillaje completamente corrido, parecía el Joker de Batman: el Caballero Oscuro.

—¡Espere! ¡No somos zombis! —gritó Zack.

—Pues por poco me engañáis —el agente del Servicio Secreto suspiró y apartó la mano de la pistolera—. Tus amigos dan totalmente el pego.

—¿Dónde está Madison Miller? —preguntó Zack, dando un paso al frente.

—¿De qué la conoces? —inquirió el agente—. La muchacha es información confidencial.

Zack respiró hondo y exhaló poco a poco por la nariz. Le explicó la historia del Ginkgo biloba, el BurgerDog, la inmunidad de Madison y la deszombificación de Greg. También le habló del coronel y de sus padres, y del vuelo y sus escarceos con la muerte.

Se produjo un gran silencio. El hombre de negro

tomó un sorbo de café y se secó los ojos. «¿Estaba llorando?»

—Agente especial Gustafson —dijo al fin, tendiéndole la mano.

—Zack Clarke, cazazombis —respondió el chico, estrechándosela.

El agente Gustafson caminó hasta un gran retrato de George Washington que colgaba sobre la chimenea.

—Venid conmigo —dijo. Pasó el dedo por la parte inferior del marco dorado y, de pronto, se abrió uno de esos controles ocultos, como los de un plató de televisión.

El agente pulsó una serie de números en el teclado. El retrato vibró y la chimenea se alzó, dejando al descubierto un pasillo oscuro con paredes de roble, iluminado por unas lámparas de lujo que parecían linternas. El pasadizo estaba decorado con mesitas antiguas y estanterías empotradas. Una fina alfombra persa cubría el suelo y las paredes albergaban pinturas que parecían de gran valor.

Los chicos siguieron a Gustafson hasta el final del pasillo secreto y se detuvieron frente a una librería. El hombre sacó un grueso volumen con tapas de cuero, se quitó las gafas y se asomó al hueco que había dejado el libro. Un láser azul le escaneó la retina y la librería se hundió poco a poco en el suelo hasta desaparecer.

Frente a ellos había una cabina transparente de plástico grueso.

—Entrad. —El hombre de negro los metió dentro y pulsó un botón etiquetado con la letra «Z».

Mientras descendían y descendían, Zack miró de reojo al hombre de negro. ¿Podían confiar en él? Parecía un buen tipo, pero a lo largo de las últimas veinticuatro horas Zack había aprendido algo: nada es lo que parece.

—¿Adónde vamos? —le preguntó Zack al agente Gustafson.

El hombre no respondió.

¡Bing!

Fueran a donde fuesen, ya habían llegado.

CAPÍTULO 19

La puerta del ascensor se abrió a un pasillo de metal estéril; era como un respiradero gigante. Al fondo, unas puertas de hospital se abrieron automáticamente y los chicos se adentraron en un laboratorio secreto ubicado en algún lugar bajo la Casa Blanca.

—¡Gustafson! —bramó una voz—. ¿Dónde está mi delicioso café?

Un militar grandullón de uniforme fue a su encuentro desde el otro extremo de la habitación.

—Os presento al general de brigada Munschauer, director científico de la Casa Blanca.

—¿Y éstos quiénes son? —quiso saber el brigadier, señalando a los niños.

—Son amigos de la chica, señor.

—¿Dónde está Madison? —inquirió Zack.

—Cuida tus modales, jovencito. Todavía no me he tomado el café. —El oficial cogió una taza de la bandeja y bebió un sorbo—. Mmm. —Saboreó la bebida caliente—. Vuestra amiga es un buen espécimen ¿Cómo habéis llegado hasta aquí desde Phoenix?

—Ozzie nos ha traído.

—La pierna del muchacho precisa cuidados médicos, señor.

El general de brigada se agachó y examinó la tibia fracturada de Ozzie. Luego miró a Gustafson.

—Llévelo a la habitación 23. Que le recoloquen el hueso y le escayolen la pierna.

El agente especial le trajo una silla de ruedas a Ozzie, y éste se dejó caer en el asiento. Agente y muchacho desaparecieron pasillo abajo.

—Seguidme —indicó el oficial, y condujo a Zack, Rice y Zoe hasta una zona del laboratorio separada por una cortina—. Ahora está estable —explicó el general Munschauer—, pero ha sufrido una retoxificación metabólica y sus células B y T han resultado gravemente dañadas.

—Eso es imposible —repuso Zoe—. Madison no es tóxica... Es ciento por ciento vegana.

—Es que nos está hablando en chino, señor —explicó Zack.

—Será mejor que lo veáis con vuestros propios ojos. —El oficial corrió la cortina y los chicos se reunieron alrededor de la camilla.

Madison llevaba una sonda nasal de plástico y una vía intravenosa en el brazo. Tenía la piel gris y arrugada y la frente llena de ventosas. La muchacha estaba rodeada de gran cantidad de tubos y cilindros transparentes que contenían fluidos de varios colores. Tenía los ojos cerrados, y un monitor marcaba su ritmo cardíaco con pitidos lentos.

—¿Está dormida? —preguntó Rice.

—No exactamente... —contestó el oficial Munschauer—. Se está recuperando.

—Se parece a ET en el final de la peli —comentó Zoe con voz temblorosa.

—Pero se pondrá bien, ¿verdad? —Zack se volvió hacia el general de brigada.

—Eso esperamos... —repuso Munschauer, aclarándose la garganta.

—Eras tan guapa... —le dijo Zoe a su amiga, acariciándole la cabeza.

En ese momento, la mochila de Rice comenzó a retorcerse y a gruñir. Chispas ladró. Rice abrió la cremallera y el cachorro salió de un salto. Zack lo cogió en brazos y el animalito gimió de felicidad.

—¡Guau!

La máquina que indicaba el ritmo cardíaco empezó a pitar más rápido y todos se volvieron hacia la camilla.

Madison abrió los ojos.

—¿Chispas? —susurró con dulzura.

El cachorro saltó de los brazos de Zack a la camilla y le lamió la cara a Madison con ternura.

—Cuidado, pequeñín... —Madison tosió.

—Podéis estar orgullosos de vuestra amiga —dijo el oficial—. Ha sido muy valiente. Ella solita a deszombificado a la Primera Familia, y gracias a ella muchas personas importantes todavía son humanas.

—Bueno, ¿y qué pasa con la segunda familia? ¿Y con la tercera? ¿Y con la millonésima? —protestó Zack—. Hay muchísima gente que necesita su ayuda, no sólo los «importantes».

—Si Madison hubiera sabido que no ayudaríais a todo el mundo, nunca os hubiese dejado utilizarla —añadió Rice.

En ese instante, una mujer pelirroja corrió la cortina. Era alta y llevaba una bata blanca de laboratorio con una identificación que decía: DANA SCOTT, CUER-

PO ESPECIAL DE ENFERMEDADES E INMUNOLOGÍA. Se apartó de la cara una máscara de color verde menta y le dijo a Madison:

—Es la hora de tu medicina. —La doctora pasó junto a los chicos con una gran jeringa en la mano; echó al aire un chorro del líquido que contenía y dio un golpecito a la punta de la aguja.

—La dejaré hacer su trabajo —le dijo Munschauer a la doctora, y se marchó.

—Basta de agujas, por favor —pidió Madison, cansada.

—No es más que una inyección de B_{12} para estimular tu sistema inmunológico —explicó la doctora Scott amablemente. Pinchó a Madison en el brazo y presionó el émbolo.

—¿A qué hace referencia la «B»? —inquirió Rice.

—A vitamina B.

—Ah —comentó—, pensaba que era la «B» de biloba.

—¿Del Ginkgo biloba? —A la doctora se le escapó una risita—. ¿Por qué?

—Pues porque ésa es la razón por la que ella es el antídoto.

—¿Cómo dices?

—Sí, y si das Ginkgo a los zombis, los deja fritos y como que los congela o algo así...

—Para acabar con el virus... —La doctora Scott miró hacia el laboratorio, pensando en voz alta—: Pero sin un espécimen original, no puedo elaborar un suero...

—¿Especímenes? —Rice le dio un codazo a Zack—. Yo tengo unos especímenes increíbles.

—Si tuviéramos una muestra del virus original, tal vez lograra un suero base para producir en masa el antídoto... —continuó, todavía hablando consigo misma.

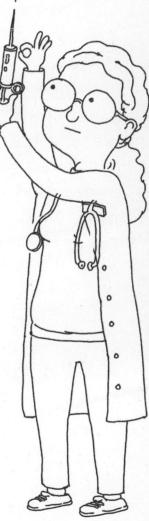

Rice se quitó la mochila de la espalda y buscó en su interior. Enseguida sacó la bolsa de plástico que contenía los dedos zombis, que todavía se retorcían. Después abrió la bolsa hermética y mostró la asquerosa hamburguesa que había dentro. La carne de perrito caliente latía con vida propia.

El fuerte hedor revolvía el estómago, y Zack arrugó la nariz. La doctora abrió los ojos de par en par; estaba emocionada. Chispas movió el morro de un lado a otro, olisqueando el tufillo de la hamburguesa fétida.

—Está bien, dejemos que esta chica tan valiente descanse un rato. Tenemos que realizar un par de pruebas.

Dejaron sola a Madison y caminaron hasta una de las mesas del laboratorio que estaba equipada con un microscopio, probetas y balanzas, todo reluciente a la luz blanca del fluorescente. La doctora Scott se puso un par de guantes de látex, tomó el espécimen

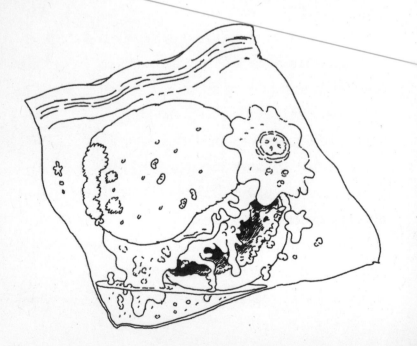

de BurgerDog, preparó algunas muestras y las colocó sobre una placa de Petri. A continuación les añadió un líquido verde y un poco del Ginkgo biloba de Rice y lo mezcló todo.

Escucharon con atención mientras la doctora explicaba su hipótesis.

Anticuerpos. Células T. Sueros y vacunas. Inmunización pasiva y cultivos celulares. Vectores recombinantes y variantes mutagénicas. Zack no tenía ni idea de qué estaba diciendo aquella mujer.

Poco después, la doctora alzó la mirada del microscopio.

—A ver —comenzó—, ¿queréis la buena noticia o la mala?

—Empecemos con la mala —respondió Zack.

—La mala noticia es que no podemos obtener una cura únicamente a partir del espécimen de Burger-Dog —explicó.

—¿Y la buena? —quiso saber Rice.

—La buena noticia es que, a través de la recombinación del virus mutado con el antisuero fitotóxico, deberíamos ser capaces de bla bla bla...

Zack desconectó en cuanto la jerga médica de la doctora Scott se convirtió en un galimatías.

—... bla bla... y si uno de nosotros ingiriese el virus original, eso nos serviría para... bla bla los... bla bla, y entonces esos... blabla podrían... bla bla.

—Así que... ¿uno de nosotros tendría que comerse eso? —preguntó Zoe, que había captado lo esencial.

—Exactamente. —La doctora anotó algo en un cuaderno.

Zack frunció el ceño, confundido. «¿Y ésas son las buenas noticias?»

—Bueno, pues yo no puedo hacerlo —afirmó Zoe.

—¿Por qué no? —quiso saber Zack.

—Pues porque no me puedo volver a convertir en zombi —repuso.

—Yo tampoco puedo —dijo la doctora—. Soy la única que sabe cómo elaborar el antídoto.

—Pues parece que tendrá que ser uno de nosotros dos. —Rice le dio una palmadita en la espalda a su colega.

Se produjo una pausa prolongada antes de que alguien hablara.

—Sólo hay una manera de resolver esto —anunció Zack.

—¿El mejor de tres? —inquirió Rice.

Zack asintió. Y así comenzó la apuesta mayor en la historia del «piedra, papel o tijeras».

—¡Un, dos, tres! ¡Ya!

Ambos mostraron una piedra. Seguida de otra piedra... y otra.

—¿Puedes dejar de sacar piedra de una vez? —protestó Zack.

—¿Y tú? —replicó Rice.

—¡Un, dos, tres! ¡Ya!

Zack envolvió la piedra de Rice con un papel.

—¡Un, dos, tres! ¡Ya!

Rice se cargó las tijeras de Zack con una piedra.

—La última y definitiva —anunció Rice.

Hicieron una pausa. Los dos amigos se miraban fijamente, con los nervios a flor de piel.

—¡Un, dos, tres! ¡Ya! —Sacaron dos piedras tres veces más.

—¡Ya!

Zack sacó piedra por cuarta vez, atrapado en la psicología inversa del cuádruple. Pero Rice envolvió

el puño de su amigo con la palma: papel. Cayó al suelo de rodillas y alzó los brazos como si acabara de
ganar el Grand Slam de tenis.

—¡Chúpate esa!

—No. —La doctora Scott le pasó el BurgerDog a
Zack—. Mejor, cómete esto. —La doctora se quedó
cerca de él, lista para administrarle la última dosis
disponible de sangre de Madison.

Zack echó un vistazo al trozo virulento de comida rápida y se le revolvió el estómago. El panecillo
estaba húmedo y lleno de moho, y de la carne colgaba un mechón de pelo rizado. La grumosa mayonesa
de color pistacho olía a pollo podrido.

—Doctora, ¿está segura de esto? —preguntó Zack con escepticismo.

—Es nuestra única oportunidad —afirmó ésta.

Zack miró a su hermana, y Zoe se encogió de hombros.

—Te ha ganado, Zack.

Zack se llevó el panecillo letal poco a poco a la boca, hincó los dientes en la repugnante hamburguesa y masticó todo lo rápido que pudo, intentando no vomitar. Mientras tragaba, comenzaron a rodarle lágrimas por la cara.

Engulló un segundo bocado, y después un tercero.

Un torrente de sangre le subió a la cabeza y sintió náuseas. Zack observó la piel del dorso de su mano. Estaba áspera y agrietada; había envejecido ochenta años en un abrir y cerrar de ojos.

De pronto se le nubló la vista; apenas podía ver. Notaba que la sangre palpitaba en su cabeza. Comenzó a hiperventilar y los pulmones no tardaron en dejar de bombear aire y ya no pudo respirar. Vio un destello rojo, todo se tiñó de negro y se le pusieron los ojos en blanco.

«Debería haber sacado tijeras», pensó Zack antes de desplomarse.

CAPÍTULO 20

Cuando Zack se despertó, estaba sentado en una silla de ruedas avanzando a gran velocidad por un pasillo muy largo. La Casa Blanca estaba fuera de control, atestada de zombis. Parpadeó un par de veces para asegurarse de que no estaba soñando.

«Código azul, código azul —se oyó por un intercomunicador—. Que todo el personal de la Casa Blanca evacue inmediatamente el edificio. El enemigo nos ha invadido. Repito: el enemigo nos ha invadido.»

Zack se notó un bulto gordo en la mejilla y vio que tenía la piel de la mano de un tono gris pálido.

Los zombis enloquecidos entraban a montones, tambaleándose por todos los rincones. Justo cinco metros más adelante, Ozzie daba brincos apoyándose en un par de muletas, con la pierna derecha escayolada.

Zack se volvió en el asiento y vio que Rice era quien empujaba la silla de ruedas entre el caos de zombis.

—Ey, Zack... ¡Has vuelto! —exclamó su mejor amigo sonriendo de oreja a oreja.

—¿Qué está pasando? —preguntó Zack, gritando por encima del jaleo.

—¡Cuidado! —Rice viró bruscamente con la silla para esquivar a un obrero zombi con un casco amarillo.

Ozzie aporreó a la bestia con la punta de caucho de la muleta. Se dio la vuelta, a la pata coja, y machacó a otra dándole una buena patada con la pierna escayolada en la cabeza.

Zack miró a su derecha. Madison perdía y recuperaba el conocimiento en la silla de ruedas; la doctora Scott la empujaba. Zoe corría a su lado, sujetando el soporte de la vía intravenosa.

—¿Ha funcionado? —le preguntó Zack a su amigo.

—Sí, tío. —A Rice se le escapó una risita.

La doctora se llevó la mano al bolsillo de la pechera de la bata, a una probeta llena de suero rojo cerrada con un tapón de goma rosa.

Ozzie derribó a unos cuantos zombis más antes de que llegaran al ascensor, su única salida. Zack se inclinó en la silla de ruedas y pulsó el botón de llamada tres veces.

Los muchachos y la doctora esperaron, con la lengua fuera, hasta que las puertas se abrieron. Se amontonaron entonces en el ascensor y, en aquel preciso momento, la doctora Scott dejó escapar un grito aterrador. Una secretaria zombi se aferró a su espalda y le mordió el cuello.

—¡Ay! —La doctora se dio la vuelta rápidamente e intentó sacarse a la enloquecida mutante de encima.

La zombi salió volando y chocó contra la pared. La doctora se tambaleó hacia atrás, retorciéndose de dolor, y la probeta con el antídoto salió disparada de su bolsillo.

—¡No! —gritaron todos, con los ojos como platos y la boca abierta.

El tiempo se detuvo; el valioso suero quedó suspendido en el aire unos instantes, y después cayó.

Rice se lanzó a cámara lenta desde el ascensor con los brazos estirados como si fuera un receptor lanzándose por una pelota. Pero el antídoto estaba fuera de su alcance, a poca distancia de sus dedos, y la probeta cayó al suelo.

Zack se llevó la mano a la frente de forma inconsciente, pero, para su sorpresa, el frasco no se rompió; no era de cristal.

Rice se secó la frente y comenzó a arrastrarse a gatas hacia la probeta de plástico, pero un zombi chutó el antídoto pasillo abajo, hacia el caos.

Zack saltó de la silla de ruedas y corrió a buscarlo, pateando la cabeza del zombi como si fuera un balón de fútbol. La bestia putrefacta se desplomó.

Zack esquivó a los zombis y recuperó la probeta. Mientras, la horda de muertos vivientes seguía acercándose por el pasillo. El muchacho salió disparado al encuentro de su amigo y lo ayudó a levantarse. Zack y Rice corrieron de vuelta hacia el ascensor, cuya puerta se mantenía abierta gracias a la muleta de Ozzie. La doctora Scott estaba apoyada en una rodilla, agarrándose la clavícula. Una mancha de sangre se extendía por el hombro de su bata blanca.

—¡Tenemos que irnos! —Zack la sentó en la silla de ruedas y pulsó el botón de cierre.

Las bestias, que se bamboleaban y escupían gargajos infecciosos, estaban a sólo un metro de distancia. Un zombi gordo se tiró al suelo, con el brazo estirado completamente dislocado. Su repugnante muñeca cayó entre las puertas que se cerraban; volvieron a abrirse.

Zack mandó la putrefacta mano de una patada al pasillo y pulsó el botón otra vez. La bestia comenzó a levantarse poco a poco. Detrás, un dúo enfermizo formado por dos mujeres con tatuajes y despedaza-

das chaquetas de cuero negro gruñía y se arrastraba hacia el repleto ascensor. Las moteras chocaron contra el zombi barrigón y se desplomaron en un montón de carne podrida.

Al fin las puertas se cerraron y el ascensor comenzó a subir.

Sentada en la silla de ruedas, la doctora Scott se presionaba la sangrienta herida del hombro.

—Toma. —Zack le entregó la probeta—. Bebe un sorbito.

—Es mejor que salvéis primero a los otros —susurró ésta. Se le hincharon las venas de la cara y se le puso la piel pálida—. Ahora está en vuestras manos, chicos.

—¿Qué vamos a hacer con ella? —preguntó Rice, cuando a la doctora se le pusieron los ojos en blanco y le comenzaron a crecer forúnculos en la piel.

—Nos la llevamos —contestó Zack—. Y la salvaremos en cuanto podamos.

Las puertas del ascensor se abrieron y los chicos salieron a la azotea de la Casa Blanca. El cielo estaba negro y un par de estrellas brillaban en la oscuridad. La tormenta había escampado, pero los zombis seguían acechándolos. Salían al tejado por la puerta del otro extremo.

—Y ahora ¿qué? —preguntó Zoe.

—¡Por ahí! —Ozzie señaló un helicóptero.

Era el helicóptero que había traído a Madison hasta la Casa Blanca.

—¿También sabes pilotar eso? —inquirió Zack.

—Por favor... —repuso Ozzie con el ceño fruncido, y sonrió de oreja a oreja.

Los zombis se arrastraban por la azotea dando manotazos ciegos y produciendo unos ruidos asquerosos. Zack distinguió al general de brigada

Munschauer y al agente Gustafson entre las bestias.

—¡Vámonos! —les urgió Rice—. ¡Rápido!

Rice y Zoe salieron a toda prisa, metieron a Madison y a la doctora herida en el helicóptero y subieron tras ellas. Ozzie se acomodó a los controles. Zack ocupó el asiento del copiloto mientras el otro pulsaba algunos botones y activaba un par de interruptores.

—Pilotar este bombón está tirado —dijo.

«¿Bombón?» Zack recordó la asquerosa hamburguesa. Por primera vez en todo el día oía hablar de comida y no tenía nada de hambre.

La hélice comenzó a girar y los rotores se activaron, levantando un viento salvaje que sacudió las copas de los árboles.

El helicóptero despegó; sobrevolaron las húmedas calles de Washington D. C. mientras los zombis seguían saqueando los monumentos y museos de la ciudad.

Zack sacó la probeta de antisuero y la observó fijamente. Se volvió, y echó un vistazo a la parte trasera del helicóptero.

Madison acariciaba el morro de Chispas con la punta de la nariz. Zoe ató a la doctora Scott y le puso una máscara de gas para cubrirle el rostro. Rice miraba a Zack; estaba contento.

—Colega —le dijo—. ¡Eras un maldito zombi!

—Grrr —intervino Zoe—. ¡Cerebrrrrrros! —bromeó.

—Ya lo sabes, Zo. —Zack se encogió de hombros—. Siempre quise ser como tú.

—¿Y quién no? —Los hermanos deszombificados se sonrieron.

El helicóptero voló a través de la oscuridad de la noche de la Costa Este; ya estaban a salvo, camino a Phoenix.

AGRADECIMIENTOS

Quisiera dar las gracias a Sara Shandler, Josh Bank, Rachel Abrams, Elise Howard y Lucy Keating por todo su duro trabajo e indispensable sabiduría sobre los zombis; a Steve Wolfhard por sus maravillosas ilustraciones gore, y a Kristin Marang y Liz Dresner por realizar una fantástica página web.

Quiero dar las gracias también a mis amigos y familia por su apoyo, y por no convertirse en zombis durante la realización de este libro.

J. K.

¡NO OLVIDES DÓNDE COMENZÓ
LA AVENTURA...!

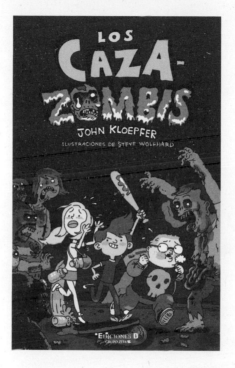

LOS CAZAZOMBIS

John Kloepfer

ILUSTRACIONES DE STEVE WOLFHARD

Una fiesta de pijamas en casa de Zack Clarke se convierte de repente en una auténtica pesadilla cuando los zombis, devoradores de cerebros, invaden las calles. En el aire se respira un fuerte hedor a carne putrefacta, y unos horrorosos gemidos resuenan por toda la ciudad. Zack, Rice y Madison deben salvar el mundo, pero antes ¿lograrán salir con vida?